カウラの班長会議
side-A

坂手洋二

松本工房

目次

今日、差別的とされる語句や表現については、作品の時代・歴史背景を考慮し、そのままにした。

カウラの班長会議

side A

登場人物

村田富博
豊臣秀吉
瀬戸大洋
中村大雪
宮川ひとし
習志野権兵衛
三村茂
真志喜成徳
北野元義
千葉哲雄
大川寛之
土田真一
勝カイゾウ

原田豪介
田中太郎
石川五右衛門
アンソニー・ウォルバーグ（トニー）
オレッグ・ネグレヴィッチ元軍曹
※同じ俳優が演じる
ラルフ・ジョーンズ
ロバート・アボット（ボブ）
ベンジャミン・ハーディ
※同じ俳優が演じる
アリス
メグ
エリザベス
木村朝子

はじまり

木造の建物、内部。
この建物は、「ハット」と呼ばれる。
天井の骨組みは、上手側が高くなっている勾配。
骨組みは材木、屋根である天板はトタン製。
正面やや下手には、白く塗装された、内開きのドア。
下手側にある、下から跳ね上げて開く二段の窓も、枠は白い。
壁には、帽子掛け、共用の小さい棚などもある。
壁から離れて何本か、太くない柱がある。
下手側に、壁板に打ち付けられ固定された、小物置き場的な棚。
上手は、天板まで届かない高さの、トタンの壁。
上手側には、置く形の小物入れがある。
それぞれの前に、三つ折りにされた薄茶色のドンゴロスのマット。
その上に、重ねて畳んである毛布と、枕などの寝具。
カップ、タオル、各自の私物など。

カウラの班長会議 side A

小棚と小物入れ、寝具類は、一人に一つ配分されている様子。
一人ずつの「人間の居場所」を思わせる。
中央にストーブ代用の「囲炉裏」、外側は木板で囲われている。
その前には、お盆のように造られた板が置かれている。
そのお盆型の板の上には共用のお茶などの道具が置かれている。
空間の端に、道具箱等の、木箱。
手づくりの道具、桶、遊具、野球道具、トランク、等。
上から、円形の傘つきの裸電球が、下がっている。
今は電気は通っていない。
誰もいない。
朝である。
外から人々の騒めきは聞こえるかもしれないが、判然としない。

駆ける足音、やがてドアが開く。
男1、入ってくる。
ドアは開け放したままになる。
男1、下駄を脱ぐ。

自分の場所らしいマットと毛布を枕に、横たわる。
男2、入ってくる。
下駄を脱いでつま先立ちになり、ドアを閉める。
男2、囲炉裏にあたる。
火を起こしたばかりのようで、中を突ついて火勢を増そうとする。
彼らは、軍服だったらしい赤く染められた上下の服を、着ている。
薄くなっていたり、他の衣類と組み合わせているかもしれない。
それは他の日本人男性も同様である。

男2 とっととすませてほしいな、点検。霜降りてんだから。
男1 オーストラリアの真冬は、たいしたことないよ。

男3、男4、男5、入ってくる。

男2 閉めてよ。
男3 どうせみんな来るよ。

ドアは開け放したままになる。
男6、男7、入ってくる。
男たち、靴や下駄を脱ぐ。

男2 やっぱり囲炉裏一つだけだと寒いな。
男3 しようがないだろ、あっちは燃えちまったんだから。
男2 火を消したとき濡れたのが、まだ乾いてないし。
男6 ちょっと出ただけで、顔が冷たい。
男7 痛いのか。
男6 いや、逆。
男7 なに。
男6 こんなに長い間、人に殴られていないって、俺の人生で過去にないなあって。
男7 二等兵の仕事は殴られることだからな。
男4 朝飯やめとこうかな。
男5 なんで。
男4 朝はパンだろ。
男5 ああ。

男4　昼と夜に米の飯が食べられるんだ、それで充分。おかゆもオートミールも好きじゃないし……。

男3　腹減るだろ。

男4　パン半斤、もらって帰ってきて。

男5　見つかったら怒られるんだよ。

男4　一人半斤は割り当てだろ。

男3　昼と夜は行かないわけにいかないな。どぶろく造るためには原料を持ち帰らなきゃ。

男6　メシは余るほどある。

男7　俺たち捕虜なのに、米の飯が食いたいって要求が通るなんて、夢のようだな。

男6　オーストラリアも米を作ってたんだなあ……。

男1　南さんがえらいんだよ。きっちり要求を通させた。米と魚が食えれば怖いもんないよ。

男7　醤油と味噌があれば完璧なんだけど。

男1　贅沢言うなよ。

男8、男9、男10、入ってくる。

男8　それでおまえ毎日話してるわけ、テントのやつと。

男9　……まあ。

男8　平気なの。

男9　話ぐらいは。

男10　野球の球がテントの中に転がってってったとき、どうしようかと思ったよ。

男8　そうそう。

男10　……返してきただろ、テントの中から。意外としっかりした弾筋で。

男8　だった。

男9　野球やってたみたいですよ、病気になる前は。

男10　そう。

男3　独立テントのやつか。

男9　はい。

男3　ハンセン氏病とわかったのはここについてすぐオーストラリアのドクターが診てからだったんでしょう。すぐに隔離されちゃったから、ちゃんと顔見てない。

男11、男12、男14、入ってくる。

男12　あいつらまたやってたね……。

男10　……（男9に）一人ぼっちで寂しいだろうとは思うけど。
男11　あの一派は収容所の秩序乱すことに全力をあげてる。朝の行進の最中にグラウンドで着替えたり、手をポケットに突っ込んだまま点呼にも答えない……。
男12　敬礼も拒むというのは、軍人としてどうなのかな……。
男1　まあ、収容所があああいう待遇にしているのは、豪軍の判断だから。
男9　三度の飯を運んでくれているのは、台湾の軍属です。
男3　内地の人間は冷たいってか。
男2　台湾じゃ癩病は、男にはうつらないんだって。
男8　ええ？
男2　そういう俗説があるんだって。
男9　私は病気も、名誉の負傷の一つだと思います。
男11　独立テントのやつか。
男9　はい。
男11　まあ、我々には、名前も知らされていないし……。
男9　竹富浩二郎兵長です。
男11　本名か。
男9　浜松航空隊の教育隊出身で、通信兵だったそうです。

男8　そうなの。
男9　パラオから、ニューギニアのウェワクに上陸したらしいんですが、ほとんどの兵隊がマラリヤと赤痢に苦しんで……。
男3　そのとき罹患したか。
男11　ハンセン氏病の潜伏期間はもっと長い。
男9　四月頃防空壕から強制的に出されて捕虜となり、そこからブリスベンの尋問所を経由して、カウラに。
男7　じゃあ、俺、会ってるかも知れない。
男4　話するのはいいけど、気をつけてくれよ。
男3　話したくらいじゃ癩病は伝染りません。
男9　竹富兵長も帝国軍人ですから、どこかの班に編入してはどうでしょう。
男1　無理だろ。
男4　それはできないな。
男11　そういう話か。
男9　駄目ですか。
男11　そもそもカウラの班っていうのは、収容所の都合で分けられてるだけで、俺たちがどうこうできるわけじゃない。

男7　それにそんな病気じゃ、お国のために役に立てるわけじゃない。

男10　それを言うなら、俺たちもだろ……。

男6　病気には、みんなかかった。去年の春は俺もデング熱で死にかけてた。

男15、入ってくる。

男9、トランクを置く。

男9　このトランクを造ったのは、竹富兵長です。

男4　そうだったの。

退く者もいる。

男1　ずいぶん細かい細工だな。……道具はあったのか。

男9　針がなくて困って、木箱の釘を抜いたそうです。

男1　このブリキの蝶番も手造りか。

男9　もう十個めになるそうです。

男16、男17、入ってくる。

男16 朝の点呼はグランドってことになってるけど、グランドに出て点検を受けなくてもいいんでしょ。

男17 元気な人はっていうことでしょ。うちの班は外に出ようよ。

男16 どうして。

男17 整列すると、兵隊だってことを一瞬でも思い出せるだろう。

男17、バットを振っている。

男2 (男17に)中でやらないで。

男11 ……俺も頼もう。造ってもらえるかな。

男9 トランクですか。

男11 もちろん材料は調達する。

男9 はい。

男16、バットを振っている。

男2　（男16に）ちょっと……。
男3　……おかゆなんだけど。
男4　なに。
男3　朝もおかゆは出るだろ。
男4　嫌いなんだよ。
男3　おかゆで試そう。
男5　なに。
男3　塩入れてない状態でもらって、水分飛ばせば、使えるんじゃないか。
男4　何に。
男5　どぶろくか。
男3　少なくとも、嵩を増やせるんじゃないか。
男4　ええー。
男3　米五升に水五升だから、水飛ばさなくてもいいか。
男5　そうか。
男3　今の作り方だと、ちゃんとした量を飲めるのは、せいぜい週に一度だろ。麹に足すのを
おかゆも使えるとなれば、量がいっぱい……。

男7　容器が足りないだろ。
男6　なんか理由考えて、また食堂から空き缶もらってくる……。
男3　やっぱり、カネの容器しかないか。
男7　え。
男3　麹は鉄分を嫌うだろ。缶だとどうしてもどぶろくは酸っぱくなっちゃう。
男6　それで酸っぱくなるんだ……。

男2、バットを振り続ける男17に、せまる。
男17、男16にバットを渡す。
男16、バットを振り始める。

男2　もう……。
男1　どうしたの。
男16　……。
男1　おい。
男17　朝の点検がすんだら、後は自由行動のはずです。
男16　班長が話を聞いてくださらないので。

男17　はい。

男2　なに。

男17　これはカウラの捕虜となった全ての帝国軍人に関わることです。

男16　はい。

男9　言いたいことがあるなら正々堂々と言うべきです。

男17　……聞いてください。

男11　構わん。

男17　いいか。

男16　……はい。（バットを下げる）

男17　ここにいる諸君には、投降ビラを読み自ら投降して捕虜になったような者は一人もいないと思うが、「昨日の敵は今日の友」と題された、連合軍の宣伝ビラを見たことはあると思う。収容所で捕虜になった日本の兵隊が、並んで食事をしている写真が載っている……。

男8　ああ。

男17　あのビラは、かなり広範囲で撒かれた。

男12　そうだな。

男8　見たことある。

男7　見た。
男6　見た。
男17　捕虜になったことが日本にわからないように気を遣ってくれているのか、顔を覆った姿で写っていたが、見る人が見れば、誰だかわかるかもしれない。
男8　それがどうした。
男17　一ヶ月前、我々も写真を撮られた。野球をしている時だ。
男7　ああ。
男10　それがどうした。
男16　一人ずつ撮影されたのは、我々二人だけだ。
男6　そうだっけ。
男16　優秀な選手として選抜された。
男1　嬉しそうだったじゃない。
男8　うん。
男17　もしもだ。もしもあの写真が連合軍宣伝ビラに使用されたら、どうなる。そういう写真がだ。
男16　うっ……。
男2　「野球をして余暇を楽しむカウラの日本人捕虜」。

男7　投降を呼びかけるにはもってこいだ。
男17　それは困る。
男16　我々の名誉がかかっています。
男3　ああ……。
男12　つまり、抗議すべきだということだな。
男16・男17　はいっ。
男4　気持ちはわかる。
男1　わかる。
男9　わからなくもないですが。
男11　……そうか。
男16・男17　はいっ。
男11　……ただ、自意識過剰だと思われないだろうか。
男12　自意識過剰。
男17　自意識過剰ですか。
男16　難しい言葉を使われると、わからないであります。
男2　見苦しいってことだよ。
男17　うっ……。

男11　我々はとらわれの身だ。戦さに負け、敵の手中にある。俎板の上の鯉。どのように扱われようと、潔く受け入れるしかない。
男8　たぶんまた顔の部分を覆ってくれると思うよ。
男2　うん、うん。
男16　しかし。私は無理です。顔を覆っても、私は誰だか、わかってしまうと思うんです。
男3　そうか。
男16　はい。
男1　自意識過剰。
男4　そうだな。
男12　そうだ。
男16　はいっ……。
男14　あの。
男17　自意識過剰はやめます。
男16　自意識過剰は捨てます。
男14　今、班内の話をしていいのでしょうか。
男11　……構わん。
男14　班内で解決するに越したことはありませんが、そうならなければ、班長会議で取り上げていただきたい問題があります。

男11　続けろ。

男14　同衾（どうきん）することについてです。

男2　……うーん。

男14　ここ、カウラ収容所の日本人捕虜は今年になって倍近くに数を増やしました。人が多すぎるのはわかります。寒いし、自然と寝床どうしも接近することになる。

男1　ああ。

男14　捕虜一人にあてがわれた毛布は四枚。普通は一枚を敷き、三枚を掛けます。しかしそれでは、この八月、真冬の霜降るオーストラリアでは、しのぎがたい。……そこで皆さんは、並んだ二人が毛布を合体させ眠ると、温暖について抜群の効果があることを発見しました。二人で寝れば、下は二枚で上六枚。寄り添う人肌の温もりが互いに行き渡り、快適に寒さをしのげます。

男3　優れた知恵だ。

男4　同じ蒲団の中で屁こかれると、たまらないけどな。

男2　羊の肉食った日はとくに臭いよな。

男11　同衾しているのは一部の者だろう。

男9　俺はいつもじゃないよ。

男8　俺も。
男14　同衾する相手はだいたい決まってきています。
男7　そうだったかな。
男5　確かに。
男6　まあ、一番寒い日はみんな二人ずつで寝たな。
男1　俺は一人じゃないと眠れない。
男14　前班長以外は全員が同衾しました。一人を除いてです。
男1　誰だ。
男14　私です。
男7　そう。あの時、ここの総人数は偶数じゃないから、おまえはあぶれて、相手がいなかった。そこを拗ねているんだろう。
男14　そうではありません。
男11　わかった。次に捕虜となった兵士が連れてこられたら、一人か三人をここに加えてもらって、班内が偶数を保てるようにしよう。
男9　寒かったんだな、君だけ。
男2　悪かったな、気がつかなくて。
男14　そうではありません。

男11　なんだ。
男1　どうした。
男14　……口吸いです。
男6　口吸い。
男14　毛布の中に隠れているから、周りに気がつかれていないと思っているかも知れませんが、時折、口吸いの音が聞こえます。
男5　うーん。
男7　どんな音だ。
男6　よせ。
男14　お互いに気にしないようにしているのはわかります。全員ではなく、ごく一部の人がやっているだけだということも承知しています。しかし、寝静まった夜中に口吸いの音がどこかからしてきて、また別などこかからも聴こえて、やがて、口吸いどころではない、口にするのもはばかられる行いが……。
男7　見たのか。
男14　見ていませんが、聞こえました。
男12　そうか。
男14　周囲もそういう行いをする者を黙認して、許し、結果的により激しい行いを許容することになり、毛布の中に閉じこもって、それがないことにしようとしていました。それがまた更に激しい行いを許すことになり、結果として、あちら側の囲炉裏を倒し、ハットの床に火災の被害をこうむらせ、消火によって、このハットの半分を使用不能の状態に陥らせました。すべては口吸いから始まったことです。

男6　気のせいだよ。
男12　気のせい気のせい。
男17　誰もしてないよ、そんなこと。
男14　私は聞きました。
男3　それがいったいなんだっていうんだよ。
男1　わかった。とりあえずは今夜、俺がおまえと同衾しよう。
男14　……いやです。
男2　……飯に行こうか。
男4　うん。
男3　みんな、できる限り多くの嵩で、おかゆを持って帰るよ。
男17　なんで。
男3　どぶろく。
男12　どうやるの。

男5 何か容れ物。
男7 毛布じゃ駄目だな。
男4 向こうに何かあるよ。
男1 炊事担当に頼もう。
男7 ばれたら共犯になるから貸してくれないよ。
男3 運ぶためのほうは返せばいいから。

一同、話しながら、去る。
最後に残って、追う、男14。

ここまでの展開では、あえて人物の名をつけることはしなかった。
それぞれの男たちの「無名性」を際立てるためである。

以後は、

男1は村田富博、
男2は豊臣秀吉、

男3は瀬戸大洋、
男4は中村大雪、
男5は宮川ひとし、
男6は習志野権兵衛、
男7は三村茂、
男8は真志喜成徳、
男9は北野元義、
男10は千葉哲雄、
男11は大川寛之、
男12は土田真一、
男13は山西道夫、
男14は勝カイゾウ、
男15は原田豪介、
男16は田中太郎、
男17は石川五右衛門、

と呼ばれる。

誰もいない。

入ってくる、オーストラリア兵姿の二人、英語で話している。

ロバート・アボット、アンソニー・ウォルバーグ。

ボブ（ロバート） 靴を脱げと言っていたな。

トニー（アンソニー） ……。（バカバカしいという素振り）

アンソニー、ある寝具をずらして、下の床板を見る。

トニー ここのやつが酒を隠していた。営倉から出てきたから、また造ってるだろう。

ボブ 同じ所には隠さないだろう。

トニー （酒を）探すか。

ボブ ほっておこう。

トニー ……（納得して）ジャップは千人以上いるんだ。もしも一人ずつを本気で点検するなら、

ボブ　人手が足りない。まったくカンガルーの手でも借りたいよ。
トニー　探した方がいいのは、武器だ。
ボブ　……脱走のことか。本気でそんなことをするか？
トニー　「ドイツ人は銃を持って生まれてくる、イタリア人はマンドリンを持って生まれてくる、しかし日本人は何を持って生まれてくるか、まったくわからない」
ボブ　イタリアの捕虜にナチはいないし、日本人は従順だ。
トニー　逆らうやつもいるよ。
ボブ　虚勢を張っているだけだよ。捕まってすぐ取り調べをしていた連中に言わせると、最初はハラキリしそうな悲壮な感じだったのに、食事を平らげた後はぜんぜん違う顔で、日本軍の機密をべらべら喋ったっていうよ。
トニー　ニセの情報じゃなかったのか。奴らはみんな偽名だろう。所属部隊や階級についても、嘘をついてるやつがいる。
ボブ　ちょっとでも矛盾を追及されたら、結局喋る。日本兵は、もしも捕虜になったら、その時どのように行動すべきかについて、訓練も指示も受けてない。
トニー　……街は脱走の噂で持ちきりだ。パブでも、ダンスホールでも。
ボブ　俺たちの知らないことを、なぜ街の連中が知ってる。
トニー　朝鮮人台湾人の捕虜が労働奉仕で外に出たついでに、鉄道工夫に喋った。……収容所の病院で日本兵の患者が医師に「長らくお世話になりました、もう二度とお会いできないと思います」と言ったそうだ。

トニー ……。（唸る）

ボブ ニュージーランドのフェザーストン収容所では去年、日本人捕虜による暴動事件があった。

トニー どんな武器を使った。

ボブ ハンマー、スパナ、鑿（のみ）、フォーク、ナイフ、バット……。

トニー ここの奴らは労働作業をしないからハンマーやスパナは持ってない。フォークやナイフがなきゃ奴らも飯が食えない。バットを取り上げたら不満だらけだぞ、暇を持て余して、それこそよからぬことを考え始めかねない。

ボブ フェザーストンでは五十人が死んだ。俺は「南京大虐殺」の映画を観た。日本人は残虐だ。日本軍の捕虜になったオーストラリア人将兵はひどい目にあってる。殺された仲間も大勢いる。

トニー 日本は捕虜の権利を守るジュネーヴ条約を批准していない。

ボブ なのにこっちは至れり尽くせりか。

トニー 我々はルールを守る。ジュネーヴ条約を守っているかどうか、国際赤十字が視察に来るからな。

ボブ　……ジャップは夜中に鉄条網を乗り越えるつもりらしい。

トニー　どこに逃げる？

ボブ　陸軍初年兵訓練センターを目指すそうだ。弱そうな訓練兵から武器を奪う。

トニー　ナイフやフォークを使って？

ボブ　訓練兵のひよっこたちはライフルの持ち方すらなかなか覚えられない。

トニー　我々はヴィッカース機関銃二丁を新たに配備した。一つはこのB地区全体を見渡せるトレイラーの上に据え付けた。

ボブ　その機関銃に二十四時間警備の兵を配備することはできない。

トニー　おまえが泊まり込んでもいいいんだぜ。

ボブ　……まったくカンガルーの手でも借りたいよ。

ここまでの間にアリス、メグ、登場している。
台本を手にしている。

アリス　日本では言うらしいんです、「猫の手を借りる」って。

ボブ　（Skippy Song）

トニー　（アリスに）これ書いたの、あなた。

アリス　ええ。

トニー　……でも不思議。これって事実でしょ？

アリス　はい。

トニー　オーストラリア軍はブレイクアウトの前に、これだけの情報、知っていた。なぜちゃんとガードしない？

メグ　そうね。

アリス　……その情報をあまり信じていなかったんじゃないかと思います。

トニー　でも機関銃を増やした。

アリス　情報を提供したのは日本軍に徴用された朝鮮人・松本タケオです。イタリア人捕虜と仲良くなって、イタリア人のいるCブロックに侵入して、チョコレートをもらったりヌード写真を見せてもらったりしていたところを見つかって、情報を提供したそうです。日本人捕虜の初代リーダー南忠男が、脱走する計画を立てていると……。

トニー　作り話と思われた？

アリス　その情報者は密告の甲斐なく、十日間拘留されました。

メグ　オーストラリアの兵隊は、それを酒場で面白おかしく話した。

アリス　収容所のラムゼイ所長も本気にしませんでしたが、わずかな増強体制を取りました。

ボブ　マシンガン二つだけ？

アリス 事務員やコックにもライフルを支給、警報サイレンも設置したらしいんですけど、空気圧が不足していて、事件の時には鳴らなかったようです。

トニー おー。

アリス 捕虜たちには知らせないで捕虜の一部をヘイ収容所に移す話が進んでいたという事情もあるでしょう。捕虜の数は収容所定員の倍に膨れあがっていましたから。事件当時、既に捕虜移送のための人員が配備されていました。あと二日待てば、問題は解決していたはずでした。

トニー 確かにとても狭い。ここに二十人？

メグ 十六人。

アリス このセットじたいがじっさいのハットの半分弱のサイズなんで……。

ボブ なぜ。

メグ このスタジオしか借りられなかったんです。

アリス それで囲炉裏の火災で半分が使えなくなっているという設定にしたんです。

トニー 小道具もほしい。ガン、くれます？

メグ 空っぽでいいんです。監視兵のガンベルトは中身なし。

ボブ どうして。

メグ 捕虜に銃とられたら困るからです。

トニー　気分出ないよ。
アリス　オーストラリア兵のほとんどは、国外の戦闘に派遣されていました。収容所勤務に回されたのは、負傷した兵隊か、もうすぐリタイアする兵隊……。
トニー　あまり役に立たない兵隊？
アリス　そんなことないと思います。
ボブ　カウラってどんなところ。
メグ　何もないとこ。まわりも何もない。シドニーから内陸を西に三百十五キロだから。
ボブ　捕虜収容所の跡って、残ってるの。
メグ　基礎部分やレンガなんかの名残りはあるけど、今はただのなだらかな丘陵地帯。牧草地が広がってて、建物は残っていない。看板がなかったら、ここに捕虜収容所があったなんてわからない。それでもちょっとした観光地だから、ブレイクアウトにちなんだ「脱走ミュージアム」とか「観光センター」とか……。
ボブ　へえ。
メグ　ほんとに田舎なの。私が行ったの、高校生の時だけど……。
アリス　今日、リハーサル、するんですか。
トニー　うん？
アリス　あの……。

トニー なに？

アリス せっかくリハーサルに来てもらったんですけど、実は、アリスのシナリオを使わない可能性があるんです。

トニー リニューアル？

アリス まったく新しくなるかもしれません。

ボブ （英語）せっかく覚えたのに。

トニー どういうこと？

メグ 私はこのまま撮る方がいいと思うんですけどね。

アリス ご迷惑おかけします。

トニー ノープロブレム。これは、学生さん作る映画。皆さんの勉強のため。

アリス せっかくいろいろ考えてもらったんですけど。来たらもう、稽古なさってたんで、言いだしにくかったんです……。

トニー 問題ない。このシナリオ、カウラのこと、よくわかる。わからないのは、なぜ日本の兵隊たち、脱走したか。ノー。なぜ死のうとしたか。死ぬためにわざと脱走した。

メグ 日本には、戦陣訓がありましたから。

ボブ 戦陣訓。（聞いたことがある）

トニー 「武士道コード」

ボブ　ああ。
アリス　日本兵に捕虜は存在しないんです。戦闘に敗れて帰還しなければ、みんな戦死したことにされていた。
メグ　日本の捕虜は虐待されていなかったんでしょ。
アリス　待遇良かったみたい。
メグ　食事なんか、オーストラリアの兵隊よりクオリティ高かったんでしょう。
アリス　……。
メグ　エリザベス、自分が監督するつもりじゃないでしょうね。
ボブ　指導教官が監督するの。
メグ　それもありなんじゃない。
ボブ　戦争映画だけど男の子がいないね。
トニー　じゃあ撮影は書き直しが終わるまで始まらないの？
ボブ　書き直しあるの？
アリス　……。
ボブ　ほんとにそういうこと？
アリス　そうですね。だったら別に、私が監督することないですね……。

エリザベス、木村朝子、来る。

ベス ほんとはハットは、一尺以上は高くなってなきゃいけないのよね。高床式なのよ、シロアリ対策で。
朝子 床を高くしただけでシロアリ防げるの。
ベス 支柱頭に亜鉛メッキ被せて、有機物としては、絶縁してるわけ。まあ、たいした問題じゃないわね。シロアリ映す訳じゃないから。
朝子 ……あ、皆さんおはようございます。

挨拶し合う、一同。

朝子 ……こういう屋根なの。
ベス 兵舎っていっても、バラック立ての仮小屋で、ここから向こう半分は、別な班が使っているわけです。
朝子 （納得）それで真ん中が仕切ってある。
ベス 向こう半分は建てる必要ないから。
朝子 ……小道具もずいぶん凝ってるわね。

ベス　今回、ワンセットで撮ることにしたでしょう。ロケもないし、そのぶん細かいところに力入れたわけ。

朝子　……（手にしてみる）花札。これは手づくり？

ベス　捕虜の人たちがやってたやり方を踏襲したの。

メグ　煙草の空箱を二枚貼り合わせて、絵を描きました。

朝子　（手にしてみる）碁石。

メグ　黒石は煤をメリケン粉の粉に混ぜて黒くしてあります。

朝子　（手にしてみる）麻雀牌。

ベス　棚板を外して小さく切って、それをコンクリートで磨いて形を整えたんだって。

朝子　「必要は発明の母」ってことね。

メグ　捕虜の中に本物の絵描きがいたんです。

ベス　千人以上いたわけだから、本物の床屋も、料理人も、テーラーも、いました。

朝子　俳優もいたってことね。

メグ　はい。

朝子　収容所で演劇をやってたのは再現しないの？

ベス　それはどうなるかな。

メグ　……アリスのシナリオにはありますよね。

朝子　ここまで凝っても、全部が全部、映り込むわけじゃないのにね。

ベス　……「赤ひげ」方式です。

朝子　「赤ひげ」。

ベス　黒澤明の。

ボブ　アキラ・クロサワ。

アリス　……黒澤明の「赤ひげ」は、三船敏郎の演ずる医者が主人公で、小石川養生所という庶民のための医療施設が舞台です。

朝子　あなたの口癖だわね、自分が映画作ろうって人で、黒澤映画、全作品観ていないなんて、モグリだって……。

アリス　その小石川養生所のセットは、すごく凝っていて、クスリを仕舞う引き出しがもの凄い数あるんですけど、とくに開けると決まっていない引き出しも、じっさい、その多くは開けることはなかったわけですけど、その全部にちゃんと中身が、一つ一つ違うクスリが入っていないと、黒澤監督は納得しなかったんです。

トニー　「完全主義」？

ベス　そうね。

メグ　（刺繍のある帯状の物を手にして）この千人針もなるべく多くの人が針を入れた方がいいって言うんで、みんなで街頭で、道行く人に針を入れてもらいました。

朝子　（箱の中を見とがめ）これは？
メグ　小麦粉です。野球のライン引き用。
朝子　白墨じゃなくて、小麦粉。戦時中の日本じゃみんな飢えていたのに、捕虜たちは食べ物を遊びのために使ってたわけ。
メグ　バットもグローブも手作り。
朝子　うどんの小麦粉って、半分以上オーストラリアから輸入してるんでしょ。
アリス　支給された靴の皮をなめして作ったみたいです。
朝子　歯ブラシに歯磨き粉、髭剃り道具一式にタオル。捕虜にも日用品をくれたわけね。
ベス　タバコは一日五本の配給。
メグ　それをお金代わりに賭け麻雀してた。
アリス　『第十七捕虜収容所』と同じです。
朝子　そういう場面あるの？
トニー　撮影はいつから？
ボブ　カメラも照明も搬入してないでしょ。
ベス　この学校には貧乏な独立プロじゃ借りてこられないような立派な機材も揃ってる。でもね、まだ使わない。
メグ　撮影の準備も要らない？

ベス　みんなそれぞれセットの中を自由に見てて。今はそういう時間でいいから。

既に勝手に見ていた人もいたが、みんな、より自由に行動する。

ベス　スタッフはジャンルを問わず、全てのセクションを一度は体験してもらう。それが学科長の方針でしょ。

ボブ　女ばかりのチームを作ったのもそう？

朝子　提案したのはエリザベスだけど、映画の世界は男社会の最たる物でしょ、女だけでやって自信つけさせるのもいいんじゃないかって。

ベス　曇りのない目で見てほしいわけ。役割っぽくしないでクリエイティヴに。

朝子　それでシナリオも邪魔になるわけ？

ベス　……確かに。

朝子　あなたはもう十年くらい、監督っていうより、批評家というか物書きで生きてきたわけでしょ。久しぶりに現場でチャンスをもらった。学校の授業なのに、自分のやりたいことやってない？

ベス　……ああ（何が言いたいか察する）。

朝子　あなた前から関心あったでしょ、カウラのこと。昔、留学してたって。

ボブ　オーストラリアの社会科の教科書には、カウラ事件は特異な事件として、大きく載っています。
トニー　カウラ・ブレイクアウト、とても面白い。だから引き受けた。
ボブ　（英語）信じられない事件だけどね。

ボブ、毛布に触ってみる。

メグ　あ……。
ボブ　さわっちゃ駄目？
メグ　いいんだけど、ドンゴロスのマット、中身は麦わらじゃなくて新聞紙なんで、なんか動かし方によっては、ぐしゃぐしゃに……。
ボブ　気をつけます。
朝子　ま、黒澤組じゃないから。
メグ　あの、結局誰なんですか、監督は……。
ベス　アリスでしょ。
アリス　私ですか。
ベス　監督替えるって指示、出てた？

アリス　……。
メグ　アリスの脚本は使わないと聞いたので……。
ベス　だから？
朝子　そんなのおかしい。脚本以外のことが変わるんだったら、そういう指示が出るはずでしょ。それに監督が替わるんだったら、スタッフ編成も組み直さなきゃいけない……。
メグ　アリスはもともと監督志望じゃなかったので……。
朝子　そうなの。
アリス　はい。
朝子　監督をやりたがらないのよね、今の学生は。
ベス　今年はほとんどいなかった。
朝子　昔は映画監督って、あこがれの職業だったのよね。
ベス　男の子のでしょ。
朝子　そうかしら。
メグ　社長になりたい、総理大臣になりたい、映画監督になりたい。権力の象徴みたいに見えてたわけでしょう。
ベス　今は権力がかっこわるい時代だから。
メグ　宇宙飛行士になりたい、発明家になりたいよりは、手が届きそう。

ベス　そう？
メグ　私には無理だと思います。
ベス　あなたは現場経験あるんだよね。
トニー　あるの？
朝子　映画学科新設して二年目でしょ。国際交流プログラムができて、他の学校出た子がまた来たり、専門職の経験者、セミプロ的な子も来たりしてる。
トニー　そうなの。
ベス　子供が手がかからなくなったから現場に戻りたいけど、今の技術についてけないから勉強し直したいって人も。

いったん出ていたメグ、手帖の束を手に戻ってくる。

メグ　軍隊手帖できてきたんで、ほしい人、配ります。（配る）
アリス　捕虜って、所持品取り上げられてるんじゃない？
ベス　持ってた人もいるんじゃないかな。（とりあえずみんなに渡したい）
朝子　軍人なら肌身離さず持ち歩くべきだけど。
ボブ　（読む）「軍人の心得、第八、名を惜しむ……」。やだー。

トニー　（読む）「恥を知る者は強し。常に郷党家門の面目を思ひ、愈々奮励して其の期待に答ふべし」

ボブ　（読む）「生きて虜囚の辱を受けず、死して罪禍の汚名を残すこと勿れ」

トニー　むつかしい。

ボブ　……カウラの班長会議って、ドキュメンタリーじゃないんですね。

アリス　違うと思いますけど。

トニー　ドキュメンタリーの部分も挿入されるって聞いたんだけど。

朝子　カウラ事件をサバイバルなさった元捕虜の方々のインタビューも挟むってこと？

ボブ　分かりません。

朝子　それって意義あるわね。元兵士の皆さんってだいたい九十歳以上。今のうちに記録を取っておくのって……。

ベス　考えて。今は自由に。

朝子　この子たち、夏からずっと続けてるの、福島のドキュメンタリーも。

トニー　ドキュメンタリー？

ベス　……はい。

アリス　ドキュメンタリーじゃないと思います。

ボブ　僕たちは、どんなキャラクターですか。

トニー　どれになるか聞いていない。

アリス　自分で考えてみてください。

トニー　考える？　僕たちが？

アリス　はい。

ベス　わかっていない人いるからもう一度説明します。いや、あなたがして。

アリス　タイトルは『カウラの班長会議』、それは決まってます。後は、自分で役を決めてほしいんです。

ベス　役を決めるっていうより、自分でキャラクターと出会うの。

メグ　キャラクター。

ベス　ええ。

メグ　……作り上げるんですか？

ベス　いいえ、出会うの。

メグ　出会う。

ベス　自分の兵隊たちに。

アリス　自分の兵隊たちに。

メグ　自分の兵隊たち。

ベス　確実にイメージしてほしいの。彼らがその日をどう過ごしたか。資料はずいぶん配った。

朝子　参考の映像もいっぱい見た。できるはず。

ベス　書いた台本で監督選んだのに、その台本捨てさせて……、一から？

朝子　あなたもよ。

ベス　なに。

朝子　私も、学科長も。

ベス　教員も？

アリス　宿題出したでしょ。その日の朝、脱走前日の朝の情景を考えてきておいてって。

メグ　自分の兵隊が、最後の朝をいかに過ごしたかという課題。

アリス　詳しく想像するのが難しい。

ベス　その兵隊に集中して。

みんなそれぞれ自分の兵隊たちを用意して、出会わせるの。（合図をする）

「ラジオ体操」の音楽、流れる。

みんな、妙に反応する。

メグ　また、これ？

アリス　エリザベスのメソッド。

メグ　この曲が流れている間に準備を終えなさいって、やつ？

ベス　何十何班とか、特定はしない。この曲が終わったら、もうあなたはその日の、カウラの班の一員になっている。

朝子　この曲、なんか嫌なのよね、全体主義的っていうか。

ベス　ファーストインプレッションが大事。自分の決めたキャラクターを紹介して。

アリス　名前と、何かワンポイント。

ベス　誰からでもいいわ。……まず状況作って。予告編のつもりで。

各々、企画書を読む。

トニー　……この映画の舞台になるのは、第二次世界大戦中のオーストラリア、ニューサウスウェールズ州、州都シドニーから西三百十五キロメートルに位置する、連合軍カウラ第十二捕虜収容所。捕虜になったイタリアと日本の兵隊らが、収容されていた。

ボブ　太平洋戦争末期、日本軍の攻勢は衰えた。

メグ　ニューギニア、ニューブリテン、ガダルカナル、たび重なる負け戦。

アリス　飛行機は落とされ、輸送船や軍艦が沈められた。

朝子　日本軍捕虜は日に日に増えていた。

ベス　彼らは連合軍に収容され、尋問を受けた後、ポートモレスビー、ブリスベンなどを経由、カウラに送られた。

トニー　昭和十九年八月の段階で、将校、下士官、兵、合わせて千五百名を越えた。

ボブ　収容所は町の北東約三キロに位置し、三メートルの高さにグルグル巻かれた有刺鉄線を始め、三重の鉄条網に囲まれていた。

メグ　内部はほぼ十字の形に二本の道が交差、敷地を四等分していた。

アリス　中央を南北に貫く全長六百八十二メートルのブロードウェイ。幅が広く、夜間も照明で照らされていた。

朝子　その南北の端に、大きな門があった。

ベス　ブロードウェイと交叉した草の生えた通路は、立入禁止の緩衝地帯。

トニー　ノーマンズランドと呼ばれた。

ボブ　コーナーには約六メートルの監視塔があった。

メグ　直径六百五十メートル、十二角形の敷地は、ＡＢＣＤ四つのブロックに仕切られた。

アリス　Ａコンパウンドと Ｃコンパウンドはイタリア兵。

朝子　Ｂコンパウンドは下士官を含んだ日本兵。

ベス　Ｄコンパウンドが日本軍将校と日本の植民地で徴用された朝鮮・台湾出身の兵、軍属。

トニー　各地区にはそれぞれ二十棟ほど、ハットと呼ばれるバンガロー風の小屋が建てられ、数

ボブ　十人が寝起きしていた。
メグ　一つのハットは二つの班に分けられた。
朝子　強制労働も課せられず、充分な食料と収容所内の自治が認められていた。
アリス　何不自由のない生活。
ベス　あと一年で太平洋戦争が終わろうとしていた夏、日本の下士官と兵が収容されていたBコンパウンドは定員数を大幅にオーバー、二倍の千百名を越えた。
トニー　そこで連合軍は、将校と下士官を除いた一般の兵士を、西四百キロに位置するヘイ収容所に移すことにした。
ボブ　八月四日、計画が日本人捕虜に通達された。
メグ　日本兵たちは、下士官と兵を分離しての移管を受け入れることができないとした。
朝子　捕虜全体を統括するのは団長、副団長、その下に班があった。
アリス　重要なことは「班長会議」と呼ばれるミーティングで決められた。
ベス　会議は軍の階級を超えて、民主的に行われた。
メグ　決定には多数決による投票が採用された。
アリス　脱走計画を巡って、同じ日に何度も会議が開かれた。
トニー　この映画は、その一日を辿る。
最初の班長会議は、昼食後に行われたとされている。

ボブ　その午後の時間帯。

朝子　日本兵捕虜たちが、ハットに戻ってくる。

ベス　彼らは階級を隠し、名前のほとんどは偽名である。

アリス　だがそれが、この世界での名前だ。

ボブ　（英語）彼らが帰ってくるなら、出ていないと。

トニー　僕は通訳の、オレッグ・ネグレヴィッチ元軍曹。

ボブ　（英語）僕はその仲間の、日本語わからない兵隊ね。

アリス　……提出して下さい。

ボブ、トニー、慌てて出て行く。
女たちが語ると、男が一人ずつ入ってくる。
最初は、勝カイゾウ。

メグ　私が選んだ兵隊は、勝カイゾウ。カイゾウって字、漢字が決まらない。

勝　勝海舟と言おうとして、途中からカイゾウと名乗ったが、どんな字だったか。

メグ　いついかなる時でも自分の主義を変えない。

大川寛之が現れる。

アリス　私が選んだ兵隊は、大川寛之。班長は二人いるわけにはいかないから、みんなにはわかってもらった。

大川　俺はどっちでもいいんだけどね。

田中太郎が現れる。

ベス　私が選んだ兵隊は、田中太郎。自意識過剰って言われるんだけど、自分ではよくわからない。

田中　……あーっ、それは。（言われたくないな）

豊臣秀吉が現れる。

朝子　私は、豊臣秀吉。いつも恥ずかしがってる。

豊臣　人はいつでも思ってることを口にするとは限らないよ。

北野元義が現れる。

アリス 私が選んだ兵隊は、北野元義。
北野 北の出身だから、北野ってことで。「ことで」って言わねえか、この時代。

習志野権兵衛が現れる。

メグ 私が選んだ兵隊は、習志野権兵衛。
習志野 名乗る名のあった自分は、ニューギニアで死にました。

石川五右衛門が現れる。

ベス 私が選んだ兵隊は、石川五右衛門。
石川 ……なんで。

千葉哲雄が現れる。

アリス　私が選んだのは……、千葉哲雄。せっかくだからイタリア兵とも仲良くしたい。

千葉　捕虜になったら元の体重より肥えてしまった。

原田豪介が現れる。

朝子　私が選んだ兵隊は、原田豪介。オーストラリアの豪ね。

原田　I am not a hungury boy.

朝子　オーケー。

瀬戸大洋が現れる。

メグ　私が選んだ兵隊は、瀬戸大洋。伍長？　軍曹？　下士官ってことで。

瀬戸　この軟弱者めが。

メグ　他人を攻撃していればその間は自分が責められることはない。

土田真一が現れる。

アリス　私が選んだのは、土田真一。ふだんおっとりしてるけど、頼りになるヤツ。

土田　……。（もう一声を待つ）

アリス　秘密のある人。でもその秘密は他の人にはどうでもいいこと。

土田　……。（頷く）

三村茂が現れる。

アリス　私が選んだ兵隊は、三村茂。広島の隣、岡山訛がひどい。

三村　あんたがそねん言うんじゃったら、せえでもええ。まったく、でえつもけえつも。

宮川ひとしが現れる。

朝子　私が選んだ兵隊は、宮さん。宮川ひとし。

宮川　「別れろ切れろは、芸者のときに言う言葉、今の私には死ねと言って下さい」

真志喜成徳が現れる。

メグ　私が選んだ兵隊は、真志喜成徳。沖縄出身の海人（うみんちゅ）。漁船の船員なのに捕虜になってしまった。三線（さんしん）手作りとかしてほしい。

真志喜　私は『戦陣訓』なんか知らなかった。

メグ　油断大敵ですよ。

松葉杖の中村大雪が現れる。

アリス　私が選んだ兵隊は、中村大雪。脚とか怪我したんだけど、楽器はできる。

中村　（不自由だがマンドリンを弾き歌う）日本もイタリアみたいに、捕虜になると二階級特進することになったんだって。～んなわけないよね。

村田富博が現れる。

ベス　この時間帯って、野球とか行く人は外に行ってるんじゃないかな。

一部の日本兵、去る。

ベス　私が選んだ兵隊は、村田富博。もと班長。片目のアップから入りたい。（擬音として）がりがり……、真剣な表情。イメージでは二十代後半。男は息をつき天を見る。梁が目に入る。切れ味の悪そうなナイフ。がりがりという音。あぐらをかいていた全身を横たえる。ナイフを見つめる。その黒い目。

村田　（横たわり）……要するに捕虜というので、何もかも変わらなければいかん。

ベス　人は誰でも、自分自身のリーダーになれるとは限らない。

アリス　……よーい、スタート。

ベス、アリス、去る。

「ラジオ体操」の音楽、途切れる。

午後

豊臣、中村、瀬戸。
中村、スケッチブックを開いている。
別なところに、大川、土田、三村。
村田と原田は離れたところにいる。
村田は目を閉じているので、眠っていると理解している者もいる。

豊臣　昼は魚だったから夜は肉か。
中村　肉より魚が好き。
豊臣　そりゃあ。
中村　肉もうまそうに食べてるじゃない。
瀬戸　こっちのは濃い味で煮込んであるだろ。肉は料理になっちまったら、目を瞑っちゃえば、もとがなんだかわからない。
中村　わかるよ。
瀬戸　わかる？

中村　わからないはずないだろう。

豊臣　最近、太刀魚、出ないな。

瀬戸　太刀魚、ニュージーランドから運んでくるんだって。なんか、そういう便がある時だけなんじゃない。

習志野、来る。

三村　どこ行ってたの。

習志野　……どこって。

土田　おまえ出入りしてるんだろ、昼前の点呼に出ないで、戦陣訓、朗唱してた班。

三村　あんな軍曹が班長になったんじゃ堪まらんじゃろうな。

瀬戸　陸軍なんでしょ。

土田　開戦直後の勝ち続けてたとき捕虜になった海軍さんならともかく、酸いも辛いも共に味わってきたはずなのに……。

三村　南洋はアメリカが出てきたら負け戦ばかりだろ。食べるもんも武器弾薬もなくジャングルをさまよってきて、まだ嫌にならないのかよ。

習志野　海軍さんはちゃんと敵兵の顔見たことないんです。何隻沈めたとか偉そうにしてますが

三村　……。

土田　予科錬出のエリートかなんか知らんが、おまえが偉かったんじゃなくて、飛行機が強かったんだって……。

習志野　はいっ。

三村　陸軍は一対一の肉弾戦だからな。

大川　この班で誰が陸軍で誰が海軍か、ちゃんとわかっとん？

土田　まあ階級も自己申告だから当てにならん。

習志野　……あいつらとつきあうのやめたほうがいいよ。

豊臣　なぜですか。

中村　……オーストラリアの兵隊が食堂に洋菓子持ってきてた。ショートケーキ？

瀬戸　あれって今夜の芝居のとき振る舞うって話じゃなかった？

中村　やつらも芝居見たがってるんじゃない？

瀬戸　ええ？

豊臣　メスホール（食堂）の一つを芝居小屋専用にしてくれたろ。花道据えっぱなしだし、道具も手間かけられるようになった。

瀬戸　今度は三時間の大作なんでしょ。

女形が宮さんじゃなきゃいいけど……。

豊臣　でも宮さん、『父帰る』の父親の時も、途中で女形になったよ。

北野、勝、入ってくる。

北野　あれ、いていいんですか。
大川　なに。
北野　班長はキャンプ・オフィスに集まってるって。正式な班長会議じゃなさそうだけど。
土田　表通ったけど、ふつうだったよ。
北野　なんかざわざわしてた。
習志野　ひょっとしたら、もうすぐ日本軍がオーストラリアに上陸してくるという噂もありますが、その件でしょうか。
三村　ああ、そりゃすごいな。
大川　……行ってみるよ。

大川、去る。

豊臣　またやってくれないかな、『国定忠治』。

瀬戸　駄目だよ、女が出ねえ。
豊臣　出るように書き替えてくれるんだよ、明治大学出の文士様が。
瀬戸　あいつ伍長だっけ？
中村　『肉弾三勇士』でなきゃなんでもいい。
豊臣　若くてきれいな女が出りゃな。
瀬戸　カウラ一座は女形が他の収容所より上玉だって。
中村　花形は踊りのお師匠さんだって。
豊臣　ありゃもう女形じゃない。本物。
瀬戸　けど金玉でかいんだぜ、あいつ。
中村　やめてよ。
習志野　日本男児はいつの間にこんな骨抜きにされてしまったのでありましょうか。

習志野、出て行く。

北野　（村田に）さっきまで、オフィスにいたんですよね。
勝　何かあったんですか。
北野　噂で持ちきりですよ。団長や副団長がラムゼイ所長に呼ばれたって。

勝　村田元班長は、南さんと近いからご存じじゃないですか。

村田　……ラムゼイ所長が、金澤団長と副団長の南さん小島さんを呼んで、Bコンパウンドが規定収容人員をオーバーしたので、一部の兵をカウラから移送すると通達したそうだ。

北野　え。

勝　よそに移されるんですか。

村田　ここから四百キロ西のヘイ収容所だ。

北野　メルボルンの……。

村田　まあ、日本人捕虜が増えすぎたのは確かだ。俺が来た頃は百人ちょっとだったが、今は千百余名。

北野　いつです。

村田　三日後。週明けの八月七日、月曜日。

勝　明明後日（しあさって）じゃないですか。

北野　ずいぶん急ですね。

村田　会議中、ただ一人英語のできる南さんは、移動者リストを見て気づいた。Bコンパウンドにいる日本人捕虜のうち、ヘイ収容所に移される七百余名は、下士官より下のただの兵隊だけ。

勝　どういうことです。

村田　下士官三百人は残留。
北野　収容者を分離するのが目的ですか。
村田　南さんは思わず「これはひどい。何故みんな一緒じゃないんだ」と言ったそうだ。奴らは下士官と兵隊を一緒にしておくと問題が多いと思ってる。
北野　下士官には反連合軍強硬派が多い。
勝　ああ……。
北野　それはひょっとして、脱走計画があるという噂と関連が？
村田　ラムゼイ少佐は馬鹿馬鹿しいと思っていたようだが、真に受ける連中もいる。
北野　だって、脱走は無理ですよ。まわりは延々、野っ原なんですから。
村田　このままずっとここにいたいか。
勝　カウラの暮らしは生殺しだ。先のことはわからない。閉じ込められたままじゃ、戦況がどうなっているかもわからない。
村田　オフィスに行けば新聞が読める。
勝　英語ですから。
村田　今まで重大事件が起きるたび、原田が内容を細かく日本語に書き直してくれたじゃないか。
原田　……。（頷く）

北野　連合国の新聞に書いてあることを、全て真に受けていいのでしょうか。

勝　日本が負けすぎです。連合国優位の報道内容は虚偽、我々の戦意を喪失させる作戦でしょう。

原田　(英語) 私は彼らの新聞に虚偽はないと思います。

村田　これまでオーストラリアのやり方を見てきたが、彼らは敵である我々に対して、嘘をついてこなかった。

勝　そうですか。

原田　(英語) あえて重要なことを言わなかったことはある。

村田　嘘はついていない。

勝　新しく到着する兵の口からもたらされるのは、悲惨な敗退ばかりです。

北野　全体が劣勢であるかどうかはわからん。

原田　(英語) 劣勢は事実です。

村田　俺もそう思う。

土田　ハットの中で英語はよせ。

原田　(英語) それは命令ですか。副班長としての。

土田　なにっ。

瀬戸　(原田に) なぜおまえは敵性語で喋る。

三村　英語の勉強しょうるん？
北野　説明したと思うが、原田は願掛けをしている。
勝　テニアンとグアムがアメリカ軍の手に落ちないようにだ。
北野　原田はテニアンとグアムをわが軍が奪取するまで、自らに日本語を禁じた。
村田　本土の女子供も、自分の好物を絶って願掛けしているそうだ。
土田　敵性語を喋るのが願掛けですか。
北野　アメリカの邪気を少しでも自分に吸い寄せようとしているのだ。
三村　そうじゃったん？
中村　さっきの話ですが。
村田　ううん。
中村　下士官と一般の兵を分けるというのは……。
瀬戸　親分子分の絆を断って、骨抜きにしようってことだ。
土田　うーん（「親分」はよせ）、やくざじゃないんだ。
勝　下士官と兵は一体、家族が引き裂かれるのと同じです。
豊臣　下士官はお父さん、一等兵はお兄さん……。
瀬戸　下士官殿抜きでは分隊を構成することはできない。
北野　ニセモノの下士官も混じってるんじゃないか。

土田　……南副団長は何か策を？
村田　移動に関する命令が正式に伝えられるのは班長会議の後だ。
土田　……。
村田　俺が言ったことは、ただのうわさ話だ。

田中、折れたバットを持ってくる。
続く、石川。
村田、中村のスケッチブックを取り、見はじめる。

豊臣　何でまた折っちゃうわけ。
田中　俺は別に何も。
瀬戸　やっぱりうちの班はバットの製造法に問題あるんじゃないか。もっと根元を削らないとバットらしく振れないとか言ってるうちに、細くなっちゃって。
石川　バックネットなかったら、刺さってたよ、俺の顔に。
中村　豪軍がバックネットをプレゼントしてくれたのは、驚いたな。
土田　野球は本来、敵性スポーツだ。
三村　イタリア人みたいにサッカーするか。

石川　「ストライク」「ボール」って言えるのはいいな。
北野　本土じゃほんとに「然り」「然らず」って言ってるの。
田中　……虫の知らせだよ。
中村　なに。
田中　この強靱なバットが折れたということは、何かよからぬことが我々に降りかかる前兆なのだ。
瀬戸　バットだけじゃなくてさ、そうそう（田中のグローブを取る）、おまえ、ちゃんとしたグローブ作れよ。靴バラして。
田中　できない。
豊臣　みんなやってるよ。
田中　俺は手の皮が厚いからいいんだ。
三村　革靴からグラブ作れるとわかった時は嬉しかったね。
田中　めんどくさいよ。
三村　そりゃ何日もかかるよ。
瀬戸　（手本のように見せて）古着を重ねたって、こうはならない。革がごついから手がかかるけど、しっかりした物ができる。
豊臣　オーストラリア軍の靴は、丈夫にできてるからな。

瀬戸　おかげでふだんは下駄履きになっちまったけど。
田中　やだよ。
三村　なんで。
田中　靴は履く物だろ。
豊臣　道具はないんだから自分たちで作らなきゃ。なんだって作れる。創意工夫。ボールは毛糸で巻くようにしてから、完璧になった。
北野　チームとしての責任感は持ってくれよ。トーナメントじゃまぐれもあるからって、班対抗の総当たり戦で勝敗をつけようって話もあるんだ。
豊臣　グランド二面で四十二班。一日四試合ずつで何日かかる？
中村　野球選手だった兵隊のいるチームには負けるよ。
豊臣　作戦だよ作戦。ホームベースは木製だから、後続ランナーがいる時はわざと蹴飛ばす。キャッチャーはベースを拾いに行かなきゃいけないけど、ランナーはもとのベースの位置を直進しちゃえばいいルールだろ。
北野　この靴、やるよ。
田中　……。
北野　作れよ、自分で。
田中　……いいよ。

土田　下士官と兵の分離移設に対する抗議は、正式に行われるんでしょうか。

村田　班長会議の結果次第だろう。

土田　我が班の意見として、移設反対をきちんと意思表示しないと。

勝　大川班長にできるでしょうか。

北野　きちんと選挙で選ばれた班長だ。

勝　捕虜全体の団長も、南さんが相応しかったと思います。

土田　団長であった南さん自身が、選挙の提案に応じた。

勝　南さんは、全員の投票によってリーダーを選出すべきとの要求を突きつけられ、一触即発の空気を感じ取り、要求をのまざるを得なかったのです。

瀬戸　そりゃ数なら陸軍が多数派だ。陸軍の者は大川さんに入れないわけにはいかない。

勝　南さんは零戦に乗っていた人です。金澤新団長、補佐役の小島副団長、両者とも英語ができない。南さんが副団長を続け支援しているから何とか交渉ができている。

土田　しかし南副団長は捕虜全体の気持ちを掴んでいるとは言えない。

村田　南さんは二年半の捕虜暮らし、古参の捕虜ではあるが、確かに世間知らずだ。それにひきかえ金澤新団長は二十六歳といっても、中国戦線の軍功で旭日章に金鵄(きんし)勲章、負傷回数も五度、身体には今も弾丸が入っている。ラバウル沖で移動中撃沈され、六日間飲まず食わずで漂流して救助された。戦歴からすればやがては将校になる人材だ。リーダーに選ばれるのも当然。文句はない。

土田　……。

村田　おまえが描いたのか。

中村　……はい。

石川　（捲って見る）なんだ、みんなの似顔絵かよ。

瀬戸　知らなかったの。

石川　（土田と絵を見比べて）似てる。

土田　えー……。

村田　絵心あるんだな。

中村　手慰みです。

北野　まったく至れり尽くせりだ。スケッチブックまで支給してくれるんだから。

豊臣　ああ。

宮川、千葉、カンカラ三線を手にした真志喜、入って来る。

宮川　演芸会の練習は取りやめ。

真志喜　芝居は中止だって。

瀬戸　なんで。
宮川　移送準備をしろって。
北野　今から?
三村　……みんな捕虜暮らしでとろくなってるから、とっとと準備した方がいいぜ。
真志喜　早飯早糞芸のうち。
豊臣　楽しみにしてたのに。
瀬戸　一緒にヘイに行けば見られるよ。
真志喜　あっちじゃ二ヶ月に一回だって。
宮川　ヘイじゃここに残る下士官抜きでやるわけだろ。キャスティングも変えなきゃいけない。衣裳の寸法も変わっちまう。
千葉　また作ればいい。
宮川　たいへんなんだよ、着物の柄、描くの。
千葉　向こうに絵描きがいれば描いてもらえるよ。
中村　勝手にキニーネ持ってかないでよ。俺まだ治りきってないんだから、マラリア。
宮川　あの黄色はキニーネでないと出せない。
北野　おまえ月に一度はマラリアに罹ってるな。
千葉　そうか、向こうにイタリア兵いないと、化粧道具なんか手に入れにくくなる。

中村 あいつらなんであゝいうの手に入るんだ。
千葉 民間人に買ってきてもらうんだよ、外の労働に出てるから。
石川 へえ。
千葉 農場に行かされてる奴らは外泊許可出てるって。
瀬戸 オーストラリアの農家は男手不足。よろしくやってる奴らもいるさ。
北野 ずいぶん扱いが違う。
瀬戸 （千葉に）おまえイタリア人にラブレターもらったろ。
千葉 なんだよ。
瀬戸 ガムやビスケットなんかも。
豊臣 相手してやれよ。
千葉 嫌だよ、あんな脂ぎってニンニクくさいやつら。
三村 ニンニクはいいよ。奴らにもらって植えた。
瀬戸 身体が温まる。
豊臣 ……どうする、おまえの畑。
三村 どうって。
豊臣 ヘイに移転するんだったら、収穫しちゃえば。
三村 まだ正式に決まったわけじゃないだろう。

土田　こっちの野菜は大味だろ。
三村　きちんと育てりゃ、なかなかいい。
石川　オーストラリアのためになる仕事は一切やらないことになっている。
三村　俺が野菜つくるのがオーストラリアのためになる？
石川　お国のために何もできないんだから、せめてオーストラリアの食糧なんかをできるだけ食って、敵国の国としての総合力を引き下げろって。
三村　俺が野菜つくったら、日本が負けるの？
石川　そうだよ。
豊臣　許してやれよ、趣味なんだから。
瀬戸　一日中麻雀も趣味、畑いじりも趣味。

北野、出て行こうとする。

中村　竹富兵長のところか。
北野　……ああ。
中村　竹富兵長に、会ってみたい。
北野　そうか。

村田 俺も行こう。
北野 ……竹富兵長も、ヘイに移されるのでしょうか。
村田 おそらく。……いや、わからん。

　北野、中村、村田、去る。
　田中、靴を見ている。

三村 荷造りでもしようかな。
土田 不要な物は置いていけよ、残った下士官が使う。
三村 何が不要かは自分で決めます。
千葉 (田中に) 何してる。
田中 ……ズンゲンで靴をなくした。
千葉 なに。
田中 困っていたら、上等兵に教えられた。靴ならいくらでもあるぞって。
千葉 はん?
田中 ラバウルからズンゲンに逃れた豪軍は、そこからまたオーストラリアに逃げた。しかし船が小さすぎて全員は乗れず、残った一部兵力を、友軍が殲滅した。

豊臣　……ああ。
田中　死体は裏の藪に重ねてあった。俺はオーストラリア兵の死体から靴をはがして使った。
千葉　あんまり自分の話はしなくていいんだぜ、ここでは。
田中　……ああ。

駆け込んでくる、習志野。

習志野　……。（息が荒い）
土田　どうした。
習志野　み、み、水タンクから飛び降りたやつがいるって。
瀬戸　水タンクって。
石川　十メートルはあるぞ。

土田、三村、勝、田中、石川、原田、瀬戸、出て行く。

豊臣　自殺か。
宮川　何班のヤツ？

習志野　わからん。

豊臣、習志野、宮川、真志喜、出て行く。
千葉、囲炉裏の近くの床板を、外して開ける。
床下に製造中の酒を隠している。
瀬戸、戻ってくる。

瀬戸　……仕込んだばかりだぞ？
千葉　麹の量が足りないから、なかなか発酵しないんじゃない？
瀬戸　もう少し火鉢で温めた方がいいな。
千葉　おかゆ使ったから十日も待たずにできるんじゃないか。
瀬戸　逆だよ、もっと時間がかかる。
千葉　なんか蔵元出身の兵隊がいて、内地の酒よりうまいの作ってるハットがあるって。聞いてみようか。
瀬戸　別な班とは関わりすぎない方がいい。
千葉　そういうもの？
瀬戸　せっかく軍隊のしがらみから離れられてるんだ。このままでいいよ。……ていうか、何してるの。

千葉　我が班は酒を隠す位置を変えたわけだけど、これを少しもらって、元の位置に戻す。

瀬戸　なんで。

千葉　俺が捕まれば、とうぶん検査も緩くなるだろう。

瀬戸　また身代わりに営倉に入ってくれるわけ？

千葉　うん。

瀬戸　なんで。

千葉　なんでって。

瀬戸　なんでよ。

千葉　気にするな。

瀬戸　するよ。俺の代わりに罪しょってくれたわけだから。

千葉　……いや、やめておこう。

瀬戸　言えよ。

千葉　おまえに迷惑がかかる。

瀬戸　あー。

千葉　うん？

瀬戸　ほんとなの？

千葉　ほんとなの？
瀬戸　その、千葉が俺の身代わりになってくれた件で、みんなに冷やかされたんだが、……おまえ、あっちの気があるんじゃないかって。
千葉　……なに。
瀬戸　で、その、俺の代わりに営倉入りになったのは、その、なんというか、俺に対する……。
千葉　ああ。
瀬戸　いや、悪いと言っているんじゃないよ。
千葉　……。
瀬戸　君には感謝しているし、嫌いじゃない。むしろ、好きかもしれない。あ、あ、それは、もしも俺にそっちの気があった場合だ。
千葉　いや……、そう言ってもらってなんだが、好みじゃない。
瀬戸　あー……。
千葉　……俺は、わざと捕まって営倉に入りたい。秘密守れる。
瀬戸　……たぶん。
千葉　俺が営倉に入るのは、そこでオフィサーと連絡を取り合うからだ。
瀬戸　……オフィサー。
千葉　営倉ではみんな独房に入れられるが、そこの係員、台湾のやつだが、そいつを通じてD

瀬戸　コンバウンドにいる我が軍の将校にメモを渡してもらえるし、じつは囚人は食事を食堂で一緒に摂ることになっているから、もし将校の誰かが営倉に入れられていれば、じかに話もできる。

千葉　うん。

瀬戸　つまり君は、Ｄコンバウンドにいる士官たちと連絡を取り合ってる。

千葉　団長や、南さんに頼まれてか。

瀬戸　それは言えない。

千葉　……。

瀬戸　だから俺が捕まる。いいか。

千葉　……わーかった。

瀬戸、去る。

田中、戻ってくる。

千葉　……そんなに慌てるなよ、見つかっちまうぞ。

田中、すーっと千葉に寄る。

田中、千葉、キスする。

オーストラリア兵、ネグレヴィッチ、ロバート、来る。

キスしている二人を見守る。

田中、千葉、見られていることに気づいて離れる。

ネグレヴィッチ、ロバート、この章は（英語）と表記していない台詞は、日本語のままとする。

ロバート　（英語）ああ、そんな、続けてくれて良かったのに。

千葉　だからまだ移し替えていなかったのに……。

田中　あー……。ハウ・アー・ユー。

ネグレヴィッチ　Fine. Thank you and you ?

田中　あー……。ファイン。とってもファイン。

ロバート　（英語）これは大がかりな密造現場を見つけたぞ。

ネグレヴィッチ　（英語）ああ、いっぱい作ったんだなあ。

ロバート　（英語）今日は金曜日。給料日。友達の結婚式まである。ちょっと面倒だな。

ネグレヴィッチ　（英語）面倒だ。

田中　なんて言ってる。怒ってるみたいだ。

千葉　わからん。

田中　内緒にしてほしいっていうのは、英語でなんと言うのかな。

ネグレヴィッチ　……OK、内緒にしてほしいね？　内緒にしよう。

田中　あー……。

千葉　すみません。

田中　よろしく。

ネグレヴィッチ　いっぱい、作ったね、酒。

ロバート　Japanese style? Strange smell.

田中　……カウラで造ったから「カウラ正宗」。

千葉　あの、でも、私は逮捕してほしいのですが。

ネグレヴィッチ　なんで？

田中　なんでだ？

千葉　罪は、罪ですから。

ネグレヴィッチ　（英語）逮捕してほしいと言ってる。

ロバート　（英語）おー。正直者のジャップを初めて見た。

　大川、原田、来る。

　田中、千葉、慌てて床の板をはめようとするが、中途半端になる。

大川　ミスター・ネグレヴィッチ。

ネグレヴィッチ　はい。

大川　ラムゼイ少佐が我々を、階級によって分けようとしているというのは、本当ですか。

ネグレヴィッチ　ほんとです。（英語）みんな知ってるみたいだ。

ロバート　（英語）ジャップの半分を厄介払いできれば、俺達は枕を高くして眠れる。

大川　月曜日の移送計画は、覆せないのでしょうか。

ネグレヴィッチ　もっと広いところでのびのびできる。不満ありますか。

大川　下士官も兵と一緒にヘイに移れるよう、あなたから少佐に頼んでいただけませんか。

ネグレヴィッチ　頼んだよ。南さんにも言われた。（英語）部下と離れたくないそうだ。

ロバート　（英語）全員いなくなりここが空っぽになって、仕事がなくなるのも困る。

大川　命令は上からですか。

ネグレヴィッチ　はい。

大川　絶対に無理なのですね？

ネグレヴィッチ　これは最終決定。

ロバート　（英語）ジャップに移送の件を言う必要はなかった。彼らが怒り狂うのはわかっている。知らせる義務などなかったのに。

大川 何か解決策があるはずです。

ネグレヴィッチ 移動の準備、始めなさい。あなたたちにできる、それだけ。

ロバート （英語）考えてみると変だ。どうして俺たちは自分の国を攻めてきた奴らをこんなに大切に扱ってる。オーストラリアの国土を攻めてきたのはジャップだけ。ダーウィンには六十五回の空襲、シドニー湾にも特殊潜航艇で侵入した。これはジャップの脅威に抵抗するための「正義の戦争」。「想像を絶する悪」とのたたかいだ。

原田 （英語）日本も「正義の戦争」をたたかっています。大東亜共栄圏を建設し、アジアの国々を助けています。

ロバート （英語）嘘つき。ジャップは他のアジアの国々を酷い目に遭わせている。

原田 （英語）理想を実現する過程での軋轢にすぎません。

ロバート （英語）ジャップは中国の町を焼き払い、我々の領土だったニューギニアに連行し、苦力（クーリー）として働かせた。撤退の時、その労働力が我々連合軍に使われることを怖れ、ジャップは中国人たちを皆殺しにした。命からがら逃げてきた中国人から聞いている。

ネグレヴィッチ （英語）英語できるの？

原田 （英語）私は日本語を喋らないことにしているのです。

ネグレヴィッチ （英語）なぜ。

原田 （英語）神との契約です。

ネグレヴィッチ　（英語）ふーん。
大川　何の話だ。
原田　……。
ネグレヴィッチ　日本人、不思議。
大川　そうですか。
ネグレヴィッチ　あなた方は手紙を書かない。
大川　手紙。
ネグレヴィッチ　自分の無事を知らせるため家族に手紙、書く。捕虜の権利。イタリア人、みんな書いてる。
大川　考えたこともない。
ネグレヴィッチ　なぜ。
原田　（英語）我々は手紙を書かない。
ロバート　（英語）ご自由に。
大川　日本にいる家族には戦死公報が届いているでしょう。既に葬儀も営まれ、自分の墓も建てられているはずです。戸籍に「戦死」と記載されることは名誉なことだ。生きのこったとすればそれは裏切り者であり、家族の恥だ。家族は村八分になるでしょう。
ネグレヴィッチ　（英語）それで偽名を使ってるわけだ。（日本語）日本に帰りたくないですか。

大川　生きて帰ることはないでしょう。

原田　If I have to return to Japan, I,ll cut off myself into piecies.

大川　皇国の掟に従えば、我々は既に生きてはいないのです。

ネグレヴィッチ　（英語）生きているように見えるが。

大川　大日本帝国の兵士に、捕虜はいない。

ネグレヴィッチ　ここにいる。

大川　いないのです。

ネグレヴィッチ　（英語）日本人は自分を罰するのが好きのようだ。

ロバート　（英語）それだけ悪いことをしているからだろう。

原田　（英語）罰されるようなことはしていないが。

ネグレヴィッチ　でも、逮捕してほしい？

千葉　はい……。

田中　いいのか。

ネグレヴィッチ、ロバート、千葉を両側から挟む。

ネグレヴィッチ　（英語）ＯＫ。ただし、ヘイに連れて行けないから、あなたを持て余して、処刑するかも知れないですよ。

原田　（英語）それはやめてください。

ネグレヴィッチ　（英語）銃殺ですか？　ハラキリを希望しますか？

田中　なんだって。

原田　（英語）殺さないでください。

千葉　バッドジョークですよね？

ネグレヴィッチ　（英語）バッドジョークはバッドだからバッドジョーク。

ネグレヴィッチとロバートに連れられた千葉、去る。

大川、原田、田中、追って去る。

夕方

無人の空間にラジオ体操の音楽が鳴り始める。
囲炉裏のそばの、中途半端に置かれていた床板が動く。
床板が外されて、ぽっかり穴が開く。
穴の中から、毛布にくるまれた存在が、姿を見せる。
毛布から顔を出す、メグ。
続けて、穴から入ってくる、アリス。
メグ、毛布についていた埃を払う。

メグ 先生たちと話してるとさ、どうせあんたたち何も知らないんでしょって感じしない。
アリス そう？
メグ 確かに日本の学生には「エーッ、日本がオーストラリアと戦争したんですか？　ウッソー！」、そういう反応の子もいたわね。
アリス なぜ知らないかなー。
メグ 日本て情報操作が一番簡単にできる国なんだって。戦時下の大本営発表を国民は鵜呑みにしたわけだし……。

アリス それだけじゃないわよ。今、福一の二号機で、すごい温度上がってるのに、マスコミは少しも問題にしない。

メグ ちゃんと政府が数値発表してても、話題にならないのよね。

アリス もっと悪いでしょ、見ようとしない、見てもスルーしちゃうんだから。

朝子、ベス、出てくる。

朝子 こうして入ってくることに、どういう意味があるの。

ベス やっぱり、『大脱走』でしょ。

メグ あれって、閉所恐怖症とわかってるチャールズ・ブロンソンに穴掘らせてるのがヘンだと思う。

朝子 アリス、あなた、自分でエリザベスに聞いた方がいいんじゃない。

アリス ……。

朝子 ね。

アリス ……はい。

メグ いてもいいですか。

ベス　なに。
アリス　あのシナリオは、どこがいけないんでしょうか。
ベス　説明した。
アリス　……書き直しました。
ベス　何回。
アリス　今のが第八稿。
ベス　あなたの努力は心から認めるけど、映画の学校は、努力を評価されていい成績もらって卒業するためじゃなくて、現場で通用する、自立した表現者を送り出すためにあるの。
アリス　シナリオのクレイマー先生は、いい出来だ、コンクールに出せば佳作にはなるだろうって、言ってくれました。
ベス　だから駄目なんでしょ。佳作どまりってところが。
朝子　ああ。
ベス　佳作にしかなれないのは、才能や見所はあるけど下手くそか、出来はいいけどありきたりか、どちらかなの。
アリス　個性がないということですか？
ベス　このワークショップ終わったら、考え方変わるはず。
朝子　そうね。

ベス　あと五、六回は書き直すことになるんじゃない。
メグ　改稿したらゴーサイン出る可能性が？
アリス　全否定されてると思ってました。
朝子　だったら書き直しさせない。
アリス　……。
朝子　あなたわかってる。自分がしたこと。エリザベスのメールも携帯も着信拒否して、ツイッターもフェイスブックもブロックした。
ベス　そうなの？
朝子　関係を拒否することで何かを守れると思ってる？
アリス　現場では、こうして話してるわけですから。
ベス　表面的にね。
アリス　もしもの時、自分が傷つかないように保険を掛けておくのもいけないことですか。
ベス　(頷く) 傷つかないようにね。いいわ。でも、あなたがもらえる配当は？　保険をかけて、その、いざというときに、あなたが手に入れられるものは何？
アリス　……。
メグ　アリスを、わざと不安にさせたんですか。
ベス　そんなつもりないけど。

朝子　迷っている場合じゃないわ。俳優たちも集まってきてる。

アリス　……はい

メグ　髪型とかどうするのかなって……。

朝子　どうって。

メグ　だって、昔の兵隊だから。

ベス　とりあえずそのままの髪型で来てもらえば。

メグ　それでいいんですか。

朝子　捕虜になっちゃってるんだから、伸ばしてたって文句言われないわけでしょ。

アリス　でも軍隊ものだからって、気合い入れてざん切りにしてくる俳優、いるんじゃない。

朝子　学生の映画に出てくれる俳優いるかなって心配してたんだけど、出たがっているプロの役者、けっこういるみたい。

ラジオ体操の音楽、終了する。

ベス　はい、時間です。……「自分の兵隊」の居場所、決めましたね。本題に入る前に、質問。

メグ　……あー、来た。

ベス　みんなセットの回りを丁寧に見たみたいだけど……、このセットで、風を吹かせるとしたら、どこ。

アリスとメグ、考えるが、答えられない。

ベス じゃ、後で答えて。
メグ 史実としては、どのくらいの風が吹いていたんですか。
ベス それも含めて考える。
メグ はい。
朝子 ……ほんとは気になってるんでしょ、福島のドキュメンタリーのことが。
アリス はい。日本に来てみて、みんなが福島のことを気にしていないのに驚きました。ところが、じっさい、現場でインタビュー撮りに行くでしょ。取材受ける人は、私たち外国人に、訴えてくるんです。私たちに、話してくれるんです。
メグ わかってくれる、聞いてくれると思って、話しかけてくる……。
アリス この人たちにとって、私たちも当事者なんだって……。
朝子 いつ完成するの、福島のドキュメンタリー。
メグ 完成させなきゃいけないですよね。
朝子 え……。

アリス　最近揃わないんで、撮影ツアーのスタッフ。
ベス　こっちの映画に取られてるから？
メグ　『カウラの班長会議』は関係ないです。
ベス　どうして。
メグ　だって……。自己判断でいいんでしょう。
朝子　なに。
アリス　福島のドキュメンタリーは、課題じゃなくて、日本の学生と合同の自主制作なんですよね。
朝子　申し訳ないけど器材しか貸せない。
メグ　私は学校を離れても、一本の作品にしたい。
アリス　仮設住宅だけならいいんですけど……。
メグ　放射能が怖いって言ってる子、連れてくことない。
アリス　あの子たち来なくなったねって言われるのが嫌なの。
メグ　将来子供産みたいから原発から八十キロ圏内に入りたくないって人と、チーム組めません。
ベス　そういう話になってるの。
アリス　……仮設住宅って、これからどうなるかわからないって思いながら、一種の共同生活しているわけでしょう。どこか似てるんですよね、捕虜収容所に。

メグ　仮設住宅と収容所は違うよ。

ベス　脱走しないでしょ、仮設住宅から。

アリス　日本人のメンタリティーってどういうものですか?

朝子　日本人特有とか思うこと自体が論理的じゃないかもしれないけど。日本じゃみんな「お国のためでした」「命令されたからやりました」ってことになってる。

メグ　つまり天皇崇拝も侵略も虐殺も軍国主義も悪いかどうかはどうでもよくて、指導者の扇動に乗っただけですって言ってるわけよね。

アリス　でもそれって、言えますか。

メグ　うん?

アリス　今このハットに、当時の日本兵の捕虜の人達がいたら、あなた方はそういう愚かな人達だったんですよって、言えますか。

ベス　ばっかじゃないの。

アリス　はい?

ベス　私たちは過去に向かって表現するわけじゃない。観客は常に未来。私たちにとって過去は、現在と未来を見つめるための物差しに過ぎない。

アリス　……。

ベス　人間は、常に自分自身の班長なんじゃないかしら。自分の人生、取り巻く世界に責任を負う。

アリス　……はい。

朝子、急に歌いだす。（軍隊小唄）

朝子　嫌じゃありませんか軍隊は　カネのお椀に　竹のはし　仏さまでも　あるまいに　一ぜん飯とは　なさけなや

メグ　この歌は？

ベス　日本の兵隊が自分の兵隊暮らしを愚痴った歌。今のは食事のこと。

朝子　腰の軍刀に　すがりつき　連れてゆきゃんせ　どこまでも　連れてゆくのは　やすけれど　女は乗せない　戦闘機

ベス　これは恋人との間を引き裂かれたこと。

アリス　……庶民の暮らしの中には戦争を批判する気持ちはあったってことですね。

朝子　女乗せない　戦闘機　みどりの黒髪　裁ち切って　男姿に　身をやつし　ついて行きます　どこまでも

彼女たちは出て行ったのか、男たちと入れ替わったのか……。

日没後

裸電球の薄暗い明かり。
さっきまで女たちのいた位置に、男たち。
すっかり入れ替わっている。
ただし、村田の位置に、ベス。
ベス、壁に寄りかかって寝ているのかもしれない。
村田の姿はない。

スケッチブックに向かっている、中村。
モデル然としている土田の肖像を描いている。
ナイフを研いでいる、習志野。
何人かは小さな声で「軍隊小唄」を口ずさんでいる。

瀬戸　今度はカツ丼の絵、描いてよ。
中村　なに。

豊臣　今食ったばかりだろ。
宮川　じゃあ俺、天ぷらそば。
中村　えーっ。
土田　今日は凝ったディナーだった。
中村　やはり、もっとも滋養がつくのは、肉です。
土田　……そうか。
中村　ニューギニアで私はマラリアで死線を彷徨っていたのですが、幸運なことに、上官殿が手に入れてきてくださった肉を食わせていただいて……。
宮川　何の肉。
中村　豚です。
土田　豚がいたか。
宮川　白豚黒豚……。
中村　はい。白豚と黒豚。
豊臣　どっちが好きだった。
中村　……どちらかと言えば、白豚でしょうか。
瀬戸　あー。
土田　……うーん。

宮川　知らないのか、それは豚じゃないよ。

中村　豚ではない。

土田　わからんのか。

中村　ええ……？

土田　おまえはその、黒い豚か白い豚を見たのか。

中村　……。

宮川　豚はブーブー、牛はモーモー……。

中村　豚じゃなかったとしたら、何です。

瀬戸　いやいや。

中村　えーっ？

豊臣　ほんとにおまえの所には豚がいたのかもしれん。

宮川　黒豚……。

土田　まあな、原住民の多くはスパイだった。

瀬戸　だったら捕まえて食っていいの？

中村　な、なに……？

習志野がナイフを研ぐ音が響く。

ベス　……「夕方を過ぎ、散歩する者はいなくなり、兵舎間を小走りにする者が増えた。運動場からも娯楽室からも人影が消えた。何ごとかが起きようとしている気配を、誰もが感じている」。

北野　（習志野に）お前、何してる。

習志野　……。

北野、習志野のナイフを奪う。

北野　こんな物で何ができると思ってる？

豊臣　そう言うな。俺もあらためて食堂から取ってきた。

豊臣、自分もナイフを見せる。

北野　なんで。

土田、勝もナイフを見せる。

習志野、茫然とする北野からナイフを取り戻す。

土田　俺も。

勝　俺もだ。

北野　なんで。

土田　あらゆる可能性に備えてだ。

習志野　（作業に戻り）切れ味のいい刃物のほうが苦しまずに死ねます。

真志喜　……この麻袋はもう使えないね。

宮川　解いてカツラに使おう。

真志喜　それは。

宮川　縫いかけの浴衣。いい生地が手に入った。

土田　次の夏があると思うのか。

宮川　聞いたようなことを抜かすな。

土田　……。

宮川　（芝居がかって）俺は浴衣を縫っているんじゃねえ。未練を紡いで置いていこうとしてるんだ。

大川、座る。
皆、その気配を察する。

大川 ……そろそろまた行かねばならんので、班長会議の経過を報告しよう。
北野 聞きましょう。
大川 既に知っている者も多いと思うが、下士官以外の兵は、ヘイ収容所に移されることになった。
真志喜 ほんとなんだね。
三村 ヘイに行っても楽しくやろう。
習志野 平気なのか。
大川 ちょっと困ったことが起きて。
土田 重大なことですか。
大川 そうなるかもしれん。
土田 なんです。
大川 移動命令を受け入れる話にまとまっていない。
石川 当然です。
大川 一部に強硬な反対意見が出ている。

勝　反対って、どうやって反対するんです。

大川　下士官と兵の分離は我が国家族制度の破壊に等しい悲劇である。

三村　わしらは上官殿がおらんと自分では右も左もわからん半人前ということか。

習志野　南前団長が集団脱走の計画を立てつつあると聞いたことがあります。

土田　これまでぬくぬくと老名主ぶって生きてきたんだ。口だけだろう。

習志野　海軍が口だけでも、死線を潜り抜けてきた陸軍の者は、やります。

北野　収容所を脱走するというんですか。

土田　脱走ではない。出撃だ。

大川　一部にそういう意見が出ている。

豊臣　本気ですか。

大川　決定するにせよ、Dコンパウンドの将校の判断を仰がないと……。

瀬戸　将校たちからメッセージはないのか。

千葉　やれやれとは言ってたよ。

田中　おい。

千葉　もはや隠すこともない。だが今は、将校殿たちが、こっちがこうなってることを知っているかどうかさえわからん。今度は営倉に入れてもらえなかったので、接触することができなかった。

北野　南副団長が将校たちの傀儡(かいらい)である可能性もあるということですか。

土田　Dコンバウンドの士官たちはオーストラリアの看守たちに迎合せず毅然と振る舞ってきたと聞いている。

千葉　できることは限られてる。食べ物にいちいち文句を付ける、英語わかるのにわからぬ振り、行進の途中にグラウンドで着替え、手をポケットに突っ込んで点呼に答えず敬礼も拒む。仮病は使うが診療は拒否。滑稽な身振りで看守を侮辱する。

田中　それが軍人としての戦い方と言えるのかどうか。

三村　あいつら偉そうにするしか能がねえからな。

土田　内心の苦悩に耐えているのがわからんか。

習志野　今までも少数で脱柵を試み失敗する者がいた。

三村　無理だよ。

石川　もちろんどこかに逃げるためじゃない。監視兵に故意に発見され射殺されようとした。

土田　日本語に捕虜という言葉はある。しかし無敵皇軍に捕虜はない。自殺的暴動を起こしたならば、警備兵が発砲すれば捕虜の汚名を消すことができる。

宮川　無理するこたぁないぜ。武功を立てたって下士官のままじゃ恩賜の時計はもらえんぞ。

土田　……。

大川　新任のラムゼイ所長は太っ腹で寛大。移動を伝えたのは、武士の情けだ。

勝　別れを惜しむ機会を与えていただいたというわけですか。

習志野　下士官と兵は家族同様。帝国陸海軍の伝統を奴らに理解できるわけがない。

三村　いやいや、家族だって冷たいもんよ。

北野　南さんは本当に脱走を考えていたのでしょうか。

土田　「生きて虜囚の辱めを受けず」、兵士全体の意志だ。

北野　私には、後からきた陸軍士官こそ、脱走を煽っているように思えます。

土田　なんだ。

北野　先に収容所に入っていた海軍閥は、全体に八割の多数を誇る陸軍陣営の勢いに負けまいと、心ならずも強硬派の立場を取らざるを得なくなったのではないでしょうか。

土田　軍紀の乱れを正すべきと気づいたのだ。

瀬戸　なんでわざわざ死ぬんだ。負けが込んで、負傷に栄養失調、海にぽこぽこ浮かんだ連中と紙一重だった俺たちが、食って、寝て、これだけ元気を取り戻した。

勝　肉体の健康と心中の鬱積は反比例している。

北野　どの部隊と合流します？　援軍が来ますか。

田中　この国に辿り着く以前に、局地戦では負け続けている。

石川　帝国軍に負けはない。勝利に向かう途中経過に過ぎない。

田中　勝つぞ勝つぞと唱え続けるのはいいが、勝つ者と負ける者がいるから戦争だ。「百戦百勝」であった軍隊など歴史上存在しない。

北野　ひと月前、サイパンでは三千人が玉砕。一般市民も崖から飛び降りたと聞きました。

原田　（頷く）

北野　サイパンが落ちれば日本は負けると言ってたじゃないですか。

田中　戦況は悪くなってる。こうしている間にも同期は過酷な熱帯で補給路を断たれ飢えや病魔に斃（たお）れている。

大川　上海事変で退却を拒み友軍から離れ捕虜になった少佐が一時休戦の捕虜交換で戻された。しかし少佐は恥ずかしさのあまり、自ら捕虜になった場所へ戻り、拳銃で自決した。

北野　……。

大川　ノモンハンの負け戦では、ソ連軍に囚われた者が休戦で戻されたが自決。

土田　捕虜は敵前逃亡の大罪、友軍に戻っても軍法会議が待っているだけだ。

習志野　恥から逃れるためには死ぬしかない。

石川　自らの不名誉を裁くのはおのれ自身だ。

田中　日本が勝つなら死ぬことはないじゃないか。

石川　捕虜は恥だ。国元の家族にまで迷惑をかける。警官の兄は職を追われるだろう。まもなく年頃になる妹の縁談にも支障がでる。

習志野　故郷の母は一人暮らしだ。もしも捕虜になったことが伝われば、遺族としてのあらゆる恩恵を受けられなくなるだろう。

土田　もしも負けてみろ。俺たちが他の国でしてきたのと同じことを、身内の家族たちがされることになる……。

習志野　日本人は死ぬまで戦う民族です。

瀬戸　それだけの力が残っているのか。

大川　我々は名誉ある死に場所を失った。捕虜という最大の屈辱。もしも蜂起が可能であれば、それがこの恥辱から逃れるため与えられた、千載一遇の機会であることは確かだ。国への最後のご奉公を果たしたい。

三村　そう言われるとそんな気がしてくる。

北野　班長会議ではその意見が大勢を占めているんですね。

大川　……まあ。

土田、勝、習志野、豊臣、ナイフを研いでいる。

村田、入ってきている。

誰も彼の方を見ない。

豊臣　なぜ死ななかった。

習志野 捕らえられた時には動けなかった。
石川 舌を噛み切っては死ねなかった。
田中 俺を撃て、と胸をさして○を描いた。
瀬戸 (俺も)「殺せ」と言った。
田中 敵兵は、俺を撃つどころか、自分の胸ポケットの煙草をくれた。俺がせがんだと勘違いしたんだ。
中村 アメリカの衛生兵の親切で丁寧な手当てには、正直、感激した。
瀬戸 こっちは敵方の捕虜を殺し、拷問にかけた。
土田 ボルネオやフィリピンでもさんざんなことをしてきた。
三村 俺はジャングル戦しか知らん。捕虜を捕えるのは難しい。殺すか、捕まえないかだった。
豊臣 向こうだってそうだ。移送できなければ降伏してきた相手も殺してしまうという「暗黙の了解」があった。

村田、自分の場所にいるベスの方を見る。

村田 俺の居場所に誰かいる。……誰だ。知らない奴か。
ベス ……。

村田　いや、知っている。まさか。

ベス　……。

村田　おのれの肉体が潰（つい）えれば、たましいが離れ、天上からおのれ自身を見ることがあるという。

ベス　……。

村田　時々、誰も俺のことを見ていないと気づくことがあった。俺は既に天上にいるのか。……ＰＷ、Prisoner of War、この身分に自分はすっかり馴れてしまった。たましいだけが抜け出して、おのれ自身を叱っているのか。

ベス　……。

村田　南さんか。俺は南さんがいつもハットの端にいるのを見て、真似していた。

ベス　……南さんではない。

村田　ああ……。

ベス　南さんはカウラでの日本人捕虜第一号。団長と言うべきかな。

村田　キャンプリーダーとも言う。捕虜になってしまえば敵性語も何もない。

ベス　ああ。

村田　南さんのご関係の方ですか。

ベス　実在の人は出せないから、南さんに近い人として、あなたがいるの。

ベス、マットを捲ると、寝押しされた捕虜服が出てくる。

ベス 捕虜服を寝押しする習慣は南さん仕込み。潔癖でダンディな人だから。

村田 南さんから学んだ。南さんの受け売り。

ベス そういうキャラクターだから、南さんと似た境遇になってる。もちろん、村田本人として存在してもらっているんだけど。

村田 ……私は実在ではない。

ベス この世界にはいます。

村田 自分では生きていると思っている。しかし本国から見ればとうに死んでいる。捕虜とはそういうものだ。

ベス いま死んでどうなるものでもない。体力と健康を取り戻すまで様子を見よう。

村田 よくご存じだ。

ベス カウラ事件のことは何冊か本になってる。

村田 本に。

ベス 『カウラの進軍ラッパ』『鉄条網に掛かる毛布』『生きて虜囚の辱めを受けず』、インターネット拾えば海外のもいっぱい出てくる。（冊子を取り出す）これはそれらをもとに私の

村田　学生が書いた台本。

ベス　学生。

村田　一緒に人物設定したからあなたも登場している。（読み辛い）読んでみる？

ベス　目がご不自由なんですか。

村田　ええ、時々見えなくなる。気づいてる人はごく僅か。調子いい時はなんでもないから自分でも忘れてる。

ベス　そこに私自身の行いが記されている？

村田　書き換えるし、他のキャラクターは変わってきてるけど。

ベス　……遠慮しておこう。

村田　まったく同じってわけじゃないのよ。（台本に目をこらす）シーン「日没後」。村田は自分自身の分身と語り合う。

ベス　分身。

村田　どういう存在か決めきれてないの。

ベス　自分の分身と語り合っていたら、まわりは不可解に思わないだろうか。

村田　このシーン、登場してるのは、（あえて言う）二人だけなんだけど。

男たちの中には、立ち上がり、出かける用意をする者がいる。

北野　大川班長は、班長会議に行きたがらないようですね。
大川　……そうなのか。
北野　慌ててどうなるものでもない。そういうことですか。
大川　……。
北野　お送りしましょう。
大川　よさんか。
田中　……ナイフより、バットの方がいい。
宮川　斧とかシャベルとか。
真志喜　芝居の道具なら、すごいのがあったね。
宮川　おうおう。
真志喜　探してこよう。
田中　見かけが派手だと、すぐ狙い撃ちしてくれるよね。
石川　決行すると決まったわけじゃない。
千葉　一人だけやらないわけにはいかないか。
真志喜　何かあるよ。
豊臣　やっぱし……、すっぱりいける奴がいいな。

中村　本気なんですか。
北野　行きましょう。
大川　一人で行く。
北野　私は、夜の散歩に。
三村　えー、みんな行くん？

村田以外の男たち、空気を壊さずに、三々五々、連れだって去る。

村田　俺は目覚めているのか。ジャングルをさまよい、倒れ、気づいたら敵兵に囲まれていた。あのまま夢を見続けているだけなのかもしれない。
ベス　夢って「見る」っていうけど、そんなにはっきりした映像で浮かぶわけじゃないわね。
村田　（この顔も）はっきりとは見えない？
ベス　人違いはしない。あなたは私の兵隊。
村田　……ここはカウラなのか。
ベス　そのつもり。
村田　収容所の外のことは知らない。
ベス　カンガルー見たことある。

村田　いや。
ベス　収容所のそばにもいるけど、庭にも顔出すし、学校のすぐ近くの道をぴょんぴょんしてる。
村田　カウラの街に住んでいる？
ベス　訪れたことはある。高校二年のとき。戦争の時代について、はっきりと知っていたわけじゃない。日本兵の捕虜の、収容所があったというくらい。
村田　収容所が「あった」。
ベス　本格的な交流が始まる前だった。日本庭園もサクラガーデンも完成してなかった。だからあの日も、それとは知らず収容所跡地のそばを散歩していて、不思議な場所に迷い込んだとしか思わなかった。……綺麗な芝生に、まったく同じエンジ色のプレートが何列か並べられてた。そこにはアルファベットの文字と数字が刻まれていた。やがて私はその文字が、日本名であること、その数字が「5-8-1944」という、まったく同じ数列であること。そしてその「5-8-1944」が、何百と並んでいることに気づいた。
村田　それは、日付け。
ベス　命日です。
村田　命日。
ベス　「5-8-1944」、一九四四年八月五日、カウラの千百四名の日本兵捕虜が集団脱走を遂げ、二百三十四名の命が奪われた。そこは「カウラ・ブレイクアウト」で亡くなった人たちの墓地。それがお墓だと気づいた時、微かに聞いていた脱走事件の記憶が蘇り、頭がきーんとしてきた。

村田　……つまり計画は実行に移された。

ベス　カウラの住民や退役軍人たちは、敵兵であるにもかかわらず、自国の兵士同様に、日本兵を手厚く葬ってくれました。事件で犠牲になったオーストラリア兵たちの墓地の隣です。

村田　……そうか。

ベス　何枚かは、名前のないプレートでした。無名戦士の墓。ええ、名前があっても偽名の人もいたはずだから、ひょっとしたらご遺族は、彼がカウラに来たことさえ知らない。

村田　死ぬのか、俺たちは。

ベス　二百三十四名です。

村田　二百三十四。

ベス　はい。

村田　ああ……。

ベス　それだけ多くの人たちがほとんど同時に命を落とすというのがどういうことなのか、その時の私には、いえ、今の私にも、きちんと理解できない。

村田　……うむ。

ベス　当初日本政府はカウラに日本人はいなかったと回答し、墓地の整備は時間がかかりました。私が見たのはできて十年の、真新しいプレート。

村田　……。

ベス　戦時中オーストラリアで死亡した日本人五百二十二名の墓がカウラに集められ、墓地ができたのは一九六四年十一月。落成式には遺族が一人も出席しなかったそうです。ほとんど知らされていなかったんじゃないかと思います。捕虜体験者の半数以上が、妻子にすらその事実を隠していたそうですから。

村田　日本に帰った者もいるのか。

ベス　終戦直後の占領下は、日本全体が収容所。

村田　俺は生き残るのか。

ベス　わかりません。

村田　……隠さないでいい。

ベス　いいえ。あなたは私の選んだ兵隊だけど、思い通りにはならない。

村田　我々の出撃はオーストラリア軍に痛手を与えたか。

ベス　第二次世界大戦後、日本軍によるオーストラリア兵捕虜への虐待の事実が、帰還した将兵らによって知らされた。日本軍に囚われた二万七千人のオーストラリア兵、その三分

村田　の一が殺されていた。
ベス　そうなのか。
村田　反日感情は燃えあがった。国土を侵略したかつての敵国への怒りを持ち続ける人もいる。
ベス　……。
村田　けれどカウラを脱走した捕虜たちは民間人を傷つけなかった。カーキ色の軍服を着ていない者には手出ししなかった。逃げ出した人たちの中で、ある三人の捕虜は、脱走の翌日、農場の夫人に焼きたてのスコーンと紅茶をご馳走してもらった。
ベス　民間人には絶対に被害を与えてはならないと決めていた。
村田　その言葉は守られた。
ベス　聞くのは怖いが、聞こう。
村田　ええ。
ベス　日本は負けるのか。
村田　負けます。
ベス　どう負ける。
村田　本土各地に夥しい空襲。沖縄は地上戦で壊滅。広島と長崎に特殊爆弾。
ベス　……降伏を呑む条件は。
村田　ないの。

村田　ない。
ベス　ありません。
村田　無条件降伏。
ベス　そう。本当にひどい負け方。
村田　国民は、その痛みを感じぬほど鈍感になったのか。
ベス　鈍感にならなければ耐えられないことだってある。
村田　……。
ベス　私は自分が視力を失うことをわかってる。それでいい。
村田　……痛みを伴っても見なければならないものがあるはずだ。

溶暗。

班長会議

女たち、朝子を前に、整然と座っている。
それに混じって、大川。
みんな黙っていた様子。
火鉢のたてる音……。

アリス まだ温度上がりっぱなしなのよ、福一の二号機。
メグ チェルノブイリは壁なんか壊れて、「石棺」で覆えなくなってるって。
アリス 原発で働く人いなくなるんじゃない。
メグ そのうち国民は強制的に働きに行かされるんだよ。一種の徴兵制。

大川の心の声が聞こえる。

大川 ……なぜだ。なぜ会議が始まらない。小声で雑談ばかりしている。
メグ 班長会議はいつ始まるの。

アリス　班長会議じたいは、五時くらいから断続的にやってたみたい。
メグ　ずっといる人も、出入りする人もいた。
アリス　脱走計画を実行するかどうか多数決で決めることにして、各班に持ち帰ったわけでしょ。
メグ　なかなか反対できないわよね。
アリス　そういう教育受けてたんだから。
メグ　マインド・コントロール？

ベス、軍人勅諭「五ヶ条」を唱えるように読む。

ベス　（読む）「一、軍人は忠節を尽すを本分とすへし。一、軍人は礼儀を正しくすへし。一、軍人は武勇を尚（たふと）ふへし。一、軍人は信義を重んすへし。一、軍人は質素を旨とすへし」
大川　（重ねて）南副団長が軍人勅諭を唱えている。やはりそこに戻るか。
朝子　「義は山岳よりも重く死は鴻毛（こうもう）よりも軽しと覚悟せよ」
ベス　「その操（みさを）を破りて不覚を取り汚名を受くるなかれ」
大川　「名誉の戦死こそ大義」
ベス　「暴動の目的は、収容所の敵軍の安全を瓦解せしめ、彼らの生命を犠牲に供するにありたり」

アリス もしも日本列島に放射能が蔓延して、もう住めない、住めるかもしれないけど、いろんなこと心配しなきゃいけなくなったとするじゃない。オーストラリア広いし、日本が土地を買って、国ごと移住すればいいんじゃないかって。

メグ 国ごと？

アリス 国まるごとは無理か……。

メグ そんなあ。

アリス 日本にいたら手遅れになっちゃうかも知れないのよ。甲状腺がんのこととか聞くと……。

メグ （難民）ってことね？

アリス もともとオーストラリアは人口の九十九パーセントがイギリス系。でも戦後、移民・難民を受け入れて、人口は三倍に増えた。今や各地に人種ごとのコミュニティーが存在してる。オーストラリアは移民社会でしょ。

メグ じゃあ日本も受け入れる？

大川 何ごとか喋っているようだが理解できない。私の理解力が低下しているのか。

ベス 班長会議の決定的な場面では全員が黙ったまま、ほとんど発言しなかったという証言があるの。

朝子 強硬論の口火を切ったのは、下山伍長と星野一等飛行兵。

メグ　この機会を捉えて監視兵を攻撃し、戦闘で死ぬことで名誉を回復すべきだ。
アリス　軍人として天皇のため死のう。
朝子　反対意見は二名だけ。
ベス　……もっと準備が整うまで、あるいは戦況にとって有利な時期まで実行を遅らせてはどうか。
朝子　(日本語で)……九死に得た一生。命を大切にしたい心もある。
メグ　貴様らそれでも帝国軍人か！　恥を知れ！
アリス　戦陣訓を忘れたか。一人でも多くの敵を殺し、自決すべきではないか！
メグ　非国民は前に出ろ！　情けないことを言うやつは、俺が今、ここで始末してやる。
ベス　……金澤団長はそれをおさめた。
朝子　(日本語で) 捕虜ではなく軍人として死ぬため蜂起することを、多くの者が切願している。
捕虜全員と協議し絶対的多数の意思に従うべきだ。
メグ　どうやって意見をまとめるんです。
朝子　班ごとに無記名で投票し、全員の意見を聞いてはどうか。
アリス　多数決だと多数派が有利になる。
メグ　海軍閥はそう言うだろう。
アリス　南さんはもう九百日の捕虜暮らし。死ぬより捕虜でいる現実をよしとしている。

メグ　カウラの捕虜一番の物持ち。
ベス　鎌倉丸で帰国した民間人被抑留者たちに譲られただけだ。
大川　南忠男という名の由来は「南の国に行って天皇に忠義を尽くす男」。
ベス　かねてから脱走は実践し、今も計画している。「二十五歳の死が惜しければ五十歳の死も惜し、百歳まで生きても短命と云うべし。何か心のにえる様な事をして死なねば成仏は出来ぬぞ。俺は双発二機撃墜したから思い残すはなし」
アリス　班長会議は、捕虜たちが兵士であるという再確認の場であった。
大川　脱走の知らせは、まだ戦闘中の戦友たちに勇気を奮い起こさせ、戦いで斃れた者も慰められるのではないか。
メグ　事件はオーストラリア外務省からスイスを通じて日本にも伝えられた。しかしカウラでの捕虜暴動の事実を政府は国民に伝えなかった。
ベス　日本占領下のインドネシアで英語放送のみが触れた。
朝子　（放送のように）「二百人を越える無実の日本人が深夜に虐殺された。彼らは民間人である」
大川　日本軍人は捕虜にならない。
ベス　「カウラの大脱走」は封印される。
大川　機は熟した。
メグ　班長たちは自分の小屋に帰り、それぞれの班の意見をまとめ、持ち寄ることとなった。

アリス　……先生。

ベス　どうしたの。

アリス　なんだか動きだしているような気がするんです、私たちの兵隊が。

彼女たちは出て行ったのか、男たちと入れ替わったのか……。

投票

土田、トイレットペーパーをちぎり、皆に配っている。
十二センチ間隔のミシン目で切り分けられるようになっている。

田中　トイレット・ペーパーに書くわけ。
石川　多数決で生死を決めるのか。
土田　班長会議の決定は軍の指令だ。
千葉　いいじゃねえか。俺たちゃチリ紙がお似合いだ。
大川　団長の強い抗議にも関わらず連合国司令部との交渉は、実りないものに終わった。一般兵移送計画に協調せず暴動を起こす計画に賛成が「○」、反対が「×」。
三村　破らないように書けるかな。
大川　「死」は「○」、「生」は「×」。
田中　「生きる」ほうが「×」か。
千葉　「死ぬ」なら「○」。
石川　日の丸の「○」。

三村　丸かバツか書くだけでええんか。
習志野　挙手で決める班もあるそうです。
中村　それじゃ反対できないだろ。
田中　やりたいヤツだけでやってくれよ。

それぞれ、トイレットペーパーの紙片に書き込んでゆく。
最初に習志野、「○」を書いた紙片を翳(かざ)して見せ、箱に入れる。

大川　無記名投票だ。見せなくていい。
田中　無駄に死ぬことはない。
習志野　将来に何の望みもない。
土田　敵の弾に当たって死ねば名誉の戦死になるんですよね。（紙片を入れる）
真志喜　……。（紙片を持ってふらふらしている）
田中　あんた民間人だろ。無理しなくても。
真志喜　お国のためと言われても困るけど、班長さんのためならいいよ。
大川　選択は自由意志だ。
真志喜　俺は海人さ。死ぬなら海の上と思ってたけど、見込み違いだったな。（紙片に書く）

村田　巻き込んで申し訳ない。

真志喜　（紙片を入れる）みんな一緒で怖くない。

大川　断っておくが、死ぬための出撃とはいっても、敵に打撃を与えられるならとことんやっていいし、走って逃げられる奴は逃げればいい。

土田　玉砕命令の後に生きていたら命令違反ではないですか。

宮川　生き残っても銃殺刑。

中村　走って逃げろと言われても俺は無理なわけだが。

大川　……出撃できぬ者には、自ら身を処す栄誉を与えるということになっている。

瀬戸　足手まといだから首吊って死ね？

中村　それってさみしいじゃない。

大川　走れない者は一ヶ所に集まる。……ハットは燃やしていくからキッチンを使ってくれ。

中村　……あー。

田中　燃やすのか。

大川　出撃の合図とともにマットを囲炉裏に被せ、火を放つ。

真志喜　中身は藁だし、木造だからすぐ燃える。

勝　私は囲炉裏が燃えたのを見たあの夜、このまま燃えろと思いました。私たちみんな、このカウラの地で、焼き尽くされる運命にあったのです。（紙片を入れる）

宮川　ここが年貢の納め時……。

　宮川、「×」を思わせるような仕草で紙を扱う。

宮川　あの世で一座を旗揚げだ。俺はここに来て役者に目覚めた。一等兵ごときは虫けらだ。東西東西、ご存じカウラ一座、どさ回りの田舎芝居にゃ負けないぜ。芝居のために障子を貼った。のぼりも作った。町で一番腕のいい仕立て屋と持ち上げられるより、演芸会の縫い子のほうが性に合ってらあ。（紙片を入れる）

豊臣　部隊は全滅。生き残ったんじゃない。死に場所を求め続けてた。（紙片を入れる）

田中　ここまで待ったんだ。しばらく待って戦争の趨勢を見てから決断してもいいのではないでしょうか。

勝　まだ生に執着するか。

田中　真珠湾の十ヶ月後にはビルマもシンガポールもフィリピンも手に入れていた。どうしてニューギニアであんな目に遭うんだ。落ちてくる蛭に血を吸われ、シャツの上から蚊に刺される。十人のうち八人死んで、一人は気が狂った。入り組んだ熱帯雨林のジャングルを貫く三百キロの道路をどうやって建設する。参謀本部の秀才たちはニューギニアを佐渡ヶ島程度の大きさと思っていたんじゃないか。

石川　陸軍中枢は連合国に対する知識がない。なぜガダルカナルが決戦の地になるんだ。

千葉　ＡＢＣＤ包囲網、経済封鎖、満州だけで石油は確保できん。アメリカとだけは戦争しちゃいけなかったんだ。

石川　人を殺した者は殺されて当然。今生でその罪をあがなうことはできまい。（紙片を入れる）

田中　なってはならない捕虜になった。軍法会議で死刑よりましってか。

習志野　不賛成と書いたら一生後悔するぞ。

田中　その一生が終わるんだろ。

習志野　帝国軍人に卑怯者はいない。

田中　「〇」を書いてしまった者が卑怯者だ。（紙片を入れる）

中村　……誰かに見られているような気がする。

土田　そうだ。神が見ている。

北野　俺は神様がいるんだったら、あんなふうに人が死んだり苦しんだりするはずないと思う。

（紙片を入れる）

村田　願掛けは、無駄だったな。

原田　（英語）まだわからない。

瀬戸　おまえは英語ができる。日本が負けたらここに残って連合軍に入ったらどうだ。

原田　（英語）僕はスパイにはならない。
瀬戸　皇軍が負けることは皇国の滅亡を意味する。ならば皇軍を打ち破った軍隊こそ「百戦百勝の新たなる皇軍」だろう。
土田　屁理屈を言うな。
原田　To be or not to be. Let it be.（紙片を入れる）

中村、紙片を入れようとする。

三村　いいのか。
中村　だって、俺、人の肉食べてたわけだろ。
豊臣　それで？
中村　……。
豊臣　一人の人間はだいたい飯盒二十四杯分の肉になる。それだけでどれだけ多くの人間を生かしてくれたか。
中村　人間の肉ってわかってたら、食べたかな。
瀬戸　食べたに決まってら。
宮川　死体が膨れあがってウジがたかってくの見たろ。あんなふうになるより、きれいに食べてもらったほうが成仏できるってもんだ。

中村 ……。（紙片を入れる）

千葉 収容所に連れてこられた時はボロボロで、処刑されると覚悟していた。キャンプリーダーの南さんが出迎えてくれて、「ご苦労さん。ここはそんなに悪いところじゃない。敬礼は要らない、階級もない。再び立つこともあるから、それまでに体力の回復を図ってほしい」。（紙片を入れる）

瀬戸 付和雷同。（紙片を入れる）

村田 迷いはない。（紙片を入れる）

三村 ああ、俺もか。（紙片を入れる）

大川 我が軍に捕虜がいたことを残すわけにはいかない。

大川、紙片を入れる。

頷く土田、箱の中の紙を出してゆく。

大川 （見て）「死」、「死」、「死」、「死」、「死」、「死」、「死」、「死」、「死」、「死」、「死」、「死」、「生」、「死」、「死」、「死」。

土田 ……「〇」が十五、「×」が一。

大川　多数決により、出撃に決定した。
習志野　……ありがとう。みんな、ありがとう。
田中　……誰だよ、「生きる」に入れたの。
三村　ええ？
田中　俺じゃねーよ！

溶暗。
妙に暗いラジオ体操の音楽、入り込んでくる。

ラルフとベン

二人のオーストラリア兵。
ラルフ・ジョーンズ一等兵とベン・ハーディー一等兵。
彼らは英語で話す。
囲む、女たち。

朝子 連合軍カウラ第十二捕虜収容所、ヴィッカーズ機関銃担当のベン・ハーディー一等兵。
アリス ラルフ・ジョーンズ一等兵。
ベン ハイ。
ラルフ ヤア。
ベス 次の満月の夜、すなわちまさに八月四日から五日にかけての夜、日本人が暴動を起こすという噂で、持ちきりだったそうですが。
ラルフ 誰も知らなかったよ。
ベン 遊びにも出かけなかった。
ラルフ 当直じゃないし。

ベン　結婚もしてないから。
アリス　暴動の始まる一時間前、監視塔に上ったキーガン一等兵は、日本人捕虜が野球のベンチに集まっているのに気づくが、報告しなかった。
メグ　午前一時五十分、ブロードウェイ中央で監視していたロールズ一等兵は、兵舎から第一ゲートに向かってわめきながら走ってくる日本兵捕虜を目撃。
朝子　（日本兵として）「ストライキ」「留置場」！
アリス　逮捕してほしかったらしい。
ベス　威嚇射撃、二発。
ラルフ　脱走を知らせる警報はライフル二発と決まっていた。
ベン　叩き起こされた。
アリス　突撃ラッパが鳴り響く。
メグ　叫び声が轟く。
ベス　千人の日本兵が真っ暗なハットから溢れ出た。
ラルフ　（飛び起き）バンザイアタック。
ベン　（飛び起き）飛び出した。
ラルフ　コートの下はフランネルのパジャマだったよ。
ベン　ジャップが機関銃目がけて突撃してくる。

ラルフ　天と地がひっくり返ったような騒ぎ。

ベン　（走る）ここはニューギニアの戦場か。

アリス　二人は捕虜たちより先に機関銃に駆けつけた。

ラルフ　鉄条網を乗り越えてくる日本兵、二百人？　三百人。

ベン　早く射とうよ。

ラルフ　規定がある。捕虜がただハットから出てくるだけでは発砲できない。

ベン　棍棒とナイフを振り回し、声を張り上げ突進してくる。

ラルフ　鉄条網を越えた時点で、初めて撃つことができる。威嚇射撃しかできない。

ベン　（銃を構える）鉄条網から機関銃までは、五十メートルしか離れてない。

ラルフ　敷地外での発砲も正当防衛のみ。

ベン、徐々に銃口を下げ、至近距離から狙い撃ちする。
ラルフは補助して銃弾帯の装填などを手伝う。

ラルフ　赤い服の奴らがやってくる。

ベン　五分間、撃ち続けた。

ラルフ　赤い波に飲み込まれる。

ベン　援護射撃はない。殺すか殺されるか。
ラルフ　アンザック精神を発揮しろ。
ベン　ガリポリでの作戦は無謀だった。
ラルフ　若者の命を無駄にした。
ベン　しかし、勇気、献身、同志愛に満ちていた。
ラルフ　それがアンザック精神。国民の美徳。

ベンは撃ち続ける。
ラルフはまとわりつく日本兵たちを撃退しようとする。

ベン　日本兵は機関銃座にたどり着き、俺たちを殴った。
ラルフ　刺した。
ベン　奴らが外に出ていく。
ラルフ　何百人いるんだ。
朝子　……電線が切断され、収容所内は一瞬暗闇に包まれたが、
ベス　やがて満月の光とハットが燃え盛る炎に照らされた。
ベン　（撃ちながら殴られる）防ぎきれない。

ラルフ　トレーラーから飛び降りたところを、日本兵に殴られ、（胸と背中を）刺され、さらにもう一突き。

メグ　ジョーンズ一等兵は這うようにして、八十メートル離れた衛兵事務所の前へ。

ラルフ　やられた。（こと切れる）

アリス　ハーディー一等兵は捕虜たちが機関銃を使えないように部品の留め金（ボルト）を外し、ポケットに隠した。

ベン　やつらは使い方を知らない。（こと切れる）

ラルフ　私は、私が面倒を見ていた捕虜たちに殺された。

ベン　私は、私が顔を知っている捕虜たちに殺された。

ラルフ　お互いにそうとは気づかずに。

ベン　後のことは知らない。

朝子　日の出とともに惨状が明らかになった。

ベス　鉄条網には夥しい数の毛布やコートが掛けられていた。

アリス　十八のハットが焼け落ちた。

朝子　日本人捕虜の死者と負傷者。

メグ　銃撃による死亡者、百八十三名。

アリス　収容所内で首を吊った死亡者、八名。

朝子　首を吊ったと思われるが火事で灰になった遺体、十二体。
ベス　銃撃されたが死にきれず自害した者、五名。
メグ　逃げずに収容所に留まった生存者、百十八名。
朝子　それ以外の三百七十八名は脱獄に成功し逃走。
ベス　逃亡者、首を吊った者、十一名。
アリス　鉄道の線路に首を載せて自殺した者、二名。
朝子　互いに刺し違えて死亡した者九名。
ベス　オーストラリア軍の死亡者は、四名。
ラルフ　……私の名前はラルフ・ジョーンズ。一九四四年八月五日、カウラで死にました。生まれたのはイギリス。北の方の田舎者。十四人兄弟の末っ子。十四歳までそこで育った。ちょっとおかしくなって、学校もやめた。遠いところに行きたかった、第一次世界大戦でイギリス軍に入り、ドイツに占領軍として一年。結核で除隊して、回復したけど仕事がないからオーストラリアへ移住、シドニーで働いた。けど、うつ病で失業した。そこで第二次世界大戦が始まり、収容所で働くようになった。ここではのんびりしていても、ぼんやりしていても、よかった。
ベン　……私の名前はベンジャミン・ハーディ。日本の捕虜に殴り殺されました。部隊ナンバーワンの射撃の名手。シドニーのライフル・クラブに所属、射撃大会で優勝した。でもウサギや鳥、生き物を殺すのは嫌いでした。釣りが趣味で、地味で静かな暮らしをしていました。標的はいつもボードか缶ばかり。人を撃ったのはあの時が最初。前の大戦では若過ぎたし、今度の大戦で前線に行くにはとうが立っていた。それで銃の腕が買われて、捕虜収容所で機関銃担当になったんです。

ベス　一九五二年、二人にジョージ十字勲章の授与が決まった。

朝子　（英語）「ハーディ一等兵とジョーンズ一等兵は、狂信的な日本人の凄まじい猛攻撃に対し、勇敢にも、ひるまず、退去せず、最後まで戦い抜いた」

ラルフ　確かに。

朝子　（英語）「死の直前、ベンジャミン・ハーディ一等兵は、日本人に機関銃を奪われても使用不能になるよう留め金を外した」

ベン　もちろん。

ラルフ　……「黄禍（イエロー・フィーバー）」から国を守れ。

ベン　……死んだジャップが一番いいジャップ。

ラルフ　そうは思わない。

ベン　私たちには関係がない。

ラルフ　ここは古い金鉱町。

ベン　面倒はごめんだ。

ラルフ　注意深く生きてきた。
ベン　英雄？　とんでもない。
ラルフ　決められた長さの人生を平穏に生きる。それを邪魔された。

溶暗。

出撃

窓には毛布のカバーが掛かっている。
男たち、身だしなみを整えたり、思い思いに時を過ごしている。
三村、窓の毛布カバーを少し開けて外を覗いている。
宮川、中村の髪を切ってやっている。
習志野、正座して精神統一している。
どぶろくを飲んでいる者たちもいる。
石川、がばっと起き上がる。

三村 月のおかげで明るいな。風が吹いてる。
土田 (開けるな) 囲炉裏の灯が漏れる。
豊臣 (石川に) 目が覚めたか。
石川 ……どうして起こしてくださらなかったんです。
北野 あんまり気持ちよさそうに寝てたから。
真志喜 すまんがカウラ正宗は売り切れだ。

豊臣　大判振る舞いだったな。
宮川　バーバー宮川も閉店。
勝　すぱっと身を浄めた。
三村　今日シャワー混んでたな。
石川　班長会議は終わったんですか。
大川　うむ。
石川　結果は？
大川　……八割が賛成票を投じた。大要は次のごとく。戦友たちが全前線に於いて不利な戦いをしている時、前線戦友に協力できる道はただ一つ。全員一丸となって暴動を敢行し我が軍の戦意高揚に資し、併せて敵心肝を寒からしめ、敵戦意の喪失を図ると共に、収容所の警備兵力を増強せしめて、前線へ送る兵員兵器の削減に役立てる。
石川　はいっ。
大川　決行は未明二時。Ｂコンパウンドの周囲をとり囲むフェンスを三手に分かれて攻撃する。
村田　敵から丸見えの道を行くか、坂を上がるか、機関銃に迎え撃たれるか……。
石川　もしも、脱走できちゃったら、その後はどうするんです。
大川　五百メートル離れた丘に集合。
石川　それから。

村田　全員差し違えて死ぬ。
大川　必要なら自決用の安全カミソリの刃を持て。
千葉　俺、刃物駄目なんだよ、もしも死にきれずにいたらナイフで刺してくれ。
田中　いやだよ。
村田　海まで逃げるか。最も近い海はシドニー南西八十キロのウールンゴン。体力さえあれば五日六日で走破できる。
石川　はいっ。
瀬戸　飛行機を見つけたら奪って乗るか。
三村　操縦できるんか。
村田　(石川に) 鉄条網は蹴破るわけにいかん。フェンス突破のため、服を着込みグローブをつける。毛布を肩に掛け、ズボンの裾は靴下に入れろ。
大川　鉄条網を乗り越えるため毛布を被せる者、鉄条網の上に横たわり自ら橋となる者、小屋に火を放つ者、手分けも決めた。おまえは真っ先に転がって行け。
石川　はいっ。
豊臣　(石川にどぶろくを渡してやる) 最後の一杯だ。
田中　……二時か。あとどのくらいだ。時計はオフィスにしかないんだぜ。
北野　南副団長のラッパを待て。

村田 あのピストンのないラッパを吹きこなせるのは南さんだけだ。

石川 （どぶろくをあおる）すっぱい。

何者かが走ってくる足音。

足音の主 （扉の外から声を掛ける）十五分前です。

足音の主、去ってゆく。

千葉 あと十五分。

土田 準備はいいか。

瀬戸 駄目だ。どうしてもそういう気分にならない。

村田 じゃあ二列に並べ。互いに向き合い、靴を持って相手に気合いを入れろ。

中村 対抗ビンタですか。

習志野 軍人精神を注入してください。

三村 勘弁してくださいよ。

石川 ……俺は活動が好きだ。なんだかこれ映画の中みたいだ。そうだろ。

千葉　戦争映画に出てくるのは偉い人だけさ。
習志野　私は嘘をついていました。私は本当は二等兵です。
北野　そんなのわかるよ。
田中　一等兵と二等兵との間には、地球と宇宙の果てのような決して越えられない壁がある。
中村　そろそろかな。お先に行くことをお許し下さい。
瀬戸　ああ……、そうか。
大川　おまえがキッチンで首をくくる頃、俺たちもこの世にはいない。
村田　身体の悪い奴だけで大丈夫か。
中村　梁も選んでますし、バター缶を踏み台にすると決めてあります。ちょうど手頃な大きさでしたから。あ、足で蹴るんだから足頃か……。
石川　中村……！
中村　見送りとかやめて。そういうの。ちょっとその辺行くって感じで。
北野　うん。
村田　おう。
中村　じゃ、靖国神社でね。
原田　I don’t care where we go. Take me with you.

中村、去る。

三村　……思ったことないですか？　天からの声が止めてくれないかなーって。
村田　天からの声。
三村　こんなバカなことはするなって。
北野　ああ。
村田　声は声だけだ。俺たちを止めることはできない。手を伸ばして肩を掴んでねじ伏せて、生き残れ、そこまでは親切に言ってくれない。

田中、自分の左胸、心臓の所に白いチョークで「○」印をつける。

豊臣　マル。
瀬戸　またタバコほしいのかって思われるだけだよ。
田中　タバコ吸いたくなってきた。
豊臣　ほい。いっぱいある。
真志喜　取っておいても仕方ないからな。

男たち、煙草を吸う。

勝　……宮さん。宮川さん。

宮川　……なんだ。

勝　……いえ。

宮川　おまえ最後まで顔色悪いな。

石川　ああー……。（落ち着かない）

土田　なんだおまえ。

真志喜　（踊るように）カウラはパラダンスでした。

瀬戸　それを言うならパラダイス。

村田　……竹富兵長の所には行ったのか。

北野　ええ。もう休んでおりました。

村田　（頷き）何も知らさなくていい。

千葉、バットがいいか薪がいいか迷っている様子。

田中　おまえ、何か俺と違うこと考えてるだろう。

千葉　俺とおまえは違う人間だから当たり前だろう。
田中　そうか。

次第に自分の持ち道具を手に集まる人が増えてくる。
ドアの前で待機している。
ドアをそっと開けてみる。

石川　（外が）明るいな。
習志野　満月であることは天明の証し。

外が騒がしくなる。
銃声二発。
風が吹き荒れている。

石川　誰か飛び出しちまった。
三村　なんか叫んでる。
村田　撃たれた。いや威嚇射撃だ。

豊臣 逃げようとしたのか。

石川 みんな出て行く。

瀬戸 あいつやられるぜ。

豊臣 もう……、十五分て言ったのに。五分しか経ってない。

千葉 駄目だよフライングは。

習志野 行きましょう。

土田 ……陛下に捧げたこの身体。

手の開いた者が、マットと薪を囲炉裏に被せる。

宮川 裁縫部屋から火の手が上がった。

大川 行こう。（勝に）後は頼む。

突撃ラッパの音。

皆、一斉に雄叫びと共に、行く。

勝、囲炉裏に載っているものに火を付ける。

封じられていた周囲の戦闘状態の喧噪が入り込んでくる。

勝、出てゆく。
囲炉裏の火が燃え広がったのか、空間は赤く染まる。
しばらくの無人の沈黙。
アリスとベスの声。

アリス・ベス　カーット。

赤い光と大音声が消える。
続いて、入ってくる、女たち、トニー、ボブ。

メグ　はい。オーケー？
アリス　……。
ボブ　……どうしてこうなっちゃうかなー。
メグ　うーん。
トニー　なぜ止めない。
アリス　これが歴史の、事実だから。
ボブ　これは映画だ。

トニー　映画はフィクションでもいいはず。

朝子　どうして行かせたの。

メグ　みんなに「×」書かせてもよかったじゃない。

アリス　一つの班だけが反対しても、決行は覆せない。

ボブ　僕たちの場面は終わった。でも映画は続く。

トニー　もう一度やり直そう。

ベス　……風が吹くのは外。わかった？

メグ　はい。

ベス　風そのものは映すことができない。何かが飛ばされたり、風を食らって揺れたり、カメラが写せるのは具体的に動いているものだけ。扉の外なら、見える物は多くないから準備も少なくてすむ。

メグ　カウラはほんとに風が吹いてたんですか。

朝子　いいの、映画だから。

トニー　兵隊たち動かすのも、映画だから？

アリス　エリザベス。

ベス　うん。

アリス　やり直していいですか。

メグ　お願いします。

ベス　どうして。

アリス　みんなが選んだ兵隊たちは、史実とは違ったキャラクターだからです。

メグ　脚本も変わってきますけど。

ベス　それは監督が決めること。

アリス　歴史は繰り返さない。彼らがどうするか見たいんです。

朝子　おやんなさい。

ボブ　プロデューサーのオーケーは出てる。

メグ　いいんですね。

トニー　あなたはあなた自身の映画を作る。それがいい。

メグ　どうする？

アリス　やり直す、出撃の五分前から。

メグ　五分前、オーケー。

女たち、マットと薪などを元の状態に戻す。

メグ　出撃五分前にリワインド。

中村以外の男たち、あっという間に戻ってくる。
女たちとトニー、ボブ、中央にかたまって、見守る。

アリス　よーい、スタート。

男たち、解けるように動き出す。

三村　……思ったことないですか？　天からの声が止めてくれないかなーって。
村田　天からの声。
三村　こんなバカなことはするなって。
北野　ああ。
村田　声は声だけだ。俺たちを止めることはできない。手を伸ばして肩を掴んでねじ伏せて、生き残れ、そこまでは親切に言ってくれない。
ベス　言ってもいいんなら言うわよ。天の声じゃないけど。
ボブ　愚かなことはやめろ。

田中、自分の左胸、心臓の所に白いチョークで「○」印をつける。

アリス バツ書いて。
豊臣 マル。
瀬戸 またタバコほしいのかって思われるだけだよ。
田中 タバコ吸いたくなってきた。
豊臣 ほい。いっぱいある。
真志喜 取っておいても仕方ないからな。

男たち、煙草を吸う。

勝 ……宮さん。宮川さん。
宮川 おまえは最後まで顔色悪いな。
メグ (勝に)勇気出して。
勝 立花兵長殿。別れの挨拶をさせてください。
宮川 ここではその名は捨てる約束だ。
勝 庇っていただいて、ありがとうございました。

宮川　何も言うな。カウラは第二の故郷。俺は生まれ変わった。
田中　……（タバコを吸っていたが）なんだこれ。
　皆　まずい。
豊臣　忘れてた。タバコ代わりに紅茶巻いたんだ。賭け麻雀でカネ代わりに使ってたヤツだから……。
瀬戸　一生の最後にまずいもの吸わせるなよ！
石川　ああー……。
土田・朝子　なんだおまえ。
石川　……俺はグッドイナフ島で死んでいたはずだった。
朝子　水を飲みたかった、それで生き延びた。
メグ　ブリスベンの収容所の所長がクリスマスにビールとバーベキューチキンをご馳走してくれた時、負け戦だと思った。
トニー　それでも生き延びて、せめて日本が将来どうなるか見届けてから死にたい。そう思った。
石川　……俺は投票の時、自分が「死」と書いても、みんなは「生」と書くと思ってた。自分一人「死ぬ」と書いても、他の奴は正直に「生きる」と投票するに違いない。自分だけなら大丈夫と考えていた。そしたら同じように思ってた人が沢山いた。
朝子　正直に物を言えない、日本人の悪い癖。

真志喜　（踊るように）八人兄弟六番目の穀潰し。カウラはパラダンスでした。

瀬戸　それを言うならパラダイス。

メグ　真志喜成徳は流れ弾で死ぬ。油断大敵。あなたは死んでもいいと思ってるかも知れないけど、あなたの故郷沖縄は地上戦で焼け野原、兄弟で生き延びたのは一人だけ。日本復帰は一九七二年。その後も米軍に占領され、今も島じゅうに基地がある。あなたは帰って、身内を支え、守るべきなの。

真志喜　ひょっとして生き残っちゃった時は、ごめんね。

村田　……竹富兵長の所には行ったのか。

北野　ええ。もう休んでおりました。

村田　（頷き）何も知らさなくていい。

ボブ　本当のこと言って。

北野　いや……！

村田　腹に溜めておけぬなら口にしろ。

北野　私は竹富兵長に、テントにいるおまえを気にかけていたのは俺の偽善だ。同情心を持つことで己自身を慰めようとしていただけだ。俺は我が身を恥じる。もうおまえの所には来ない、と言い置いてきました。

村田　なぜ。

北野　あいつがいるテントはゲートの目と鼻の先。高らかに鳴り響く突撃ラッパを聞くや、すぐに察して飛び起きるだろう。そしてテント越しに「ダッダッダ」という銃火の音を聞く。あいつは死にませんよ。俺を軽蔑しろ。相手にするな。そう思ってほしい。次々に突撃する戦友の鬨(とき)の声を聞き、果たして自分が加わるべきなのかとあいつは逡巡する。私は竹富兵長がそのまま暴動に加わらぬことを願います。今の今ばかりは、彼が他の兵隊との間に隔たりを感じることを望みます。健康な者を遠ざけてほしい。弾に当たって倒れ苦しむ私の姿が目に入っても、他人事と思ってほしいのです。

村田　竹富兵長は永らえる。

北野　そう思われますか。

村田　きっと優れた治療法も開発される。

三村　……天から誰か見とるんじゃとして、誰が見とるんかのう。

トニー　全世界の観客です。

ベス　これは映画。人生は映画でしかない。映画は鏡。私という主人公だったかもしれない存在がどこかに含まれているだけの、いつかは終わってしまう群像劇。

田中、バットがいいか薪がいいか迷っている様子。

千葉　おまえ、何か俺と違うこと考えてるだろう。
田中　俺とおまえは違う人間だから当たり前だろう。
千葉　そうか。だったら正直に言うよ。俺はみんなと一緒に出るけど、オフィサーのいるDコンパウンドに向かう。
田中　将校たちと合流したいのか。
千葉　ごめん。
田中　知ってたよ。おまえが将校たちと手旗信号のやり取りしてたってことは。
朝子　将校連中は脱走計画を知っていたはず。
ベス　浴衣着てくつろいで、知らなかったことにしてた人もいるって。
千葉　ちくしょう。

中村、入ってくる。

豊臣　なんだ、帰ってきたのか。
真志喜　お化け？
瀬戸　どうした。怖じ気づいたか。
中村　ロープの数ないから、一人首吊ったら外で息止まるの待って、死んだヤツ降ろして、また掛け直さないといけない。怪我人だけで死体降ろすのたいへんだよ。なかなか順番来ない。いま五人待ち。

石川　そう。

中村　それと、スケッチブック。（渡す）

三村　これも燃やすのか。

宮川　現世の身が潰えれば、未練を残すことはない。

アリス　みんなと一緒にいたいの。

村田　一緒に行くか。

大川　本来ここがおまえの班だ。共に行こう。

中村　だいぶ遅れると思うよ？

三村　いいよ。

村田　いいさ。

瀬戸　あのー、もしも俺が生き残ってたらリンチしてくれ。

中村　なんで。

瀬戸　俺ってけっこう意地悪だったじゃない？

豊臣　相手にしてねえよ。

勝　他に残る奴いないと思うから。

ボブ　（瀬戸に）もうちょっと生きてみようよ。
メグ　（石川に）逃げて。突撃する振りして。
石川　……なに。
トニー　あなたの名前は石川五右衛門、みんなを裏切る悪党になって。
石川　ああ、俺ヘンなこと考えてる。
豊臣　（妙に改まり）いろんなことを教えていただきました。私は尋常小学校しか出ておりません。しかし私は、カウラ大学の卒業生です。
ボブ　卒業後の進路は？
土田　……。
アリス　気取ってないで。言うべきこと言って。
土田　みんなに告白することがある。俺は我が身を恥じている。大分出身の歩兵、サガワコウヘイは一九四三年六月、ブーゲンビルで投降ビラを読み、自ら投降した。
中村　そう。
三村　はーん。
土田　あれー……？
田中　（選んだ）敵をフォークで刺したい。フォークと決めよう。
ボブ　お腹空いてるだけよ！

習志野　もしも家に帰ったらと考えたこともあった。

メグ　こっそり隠れてていいから。

習志野　帰っても自分の墓がある。

真志喜　南さん緊張してラッパ間違えないかな。

村田　なに。

真志喜　突撃のラッパじゃなかったら。

村田　「デテクルテキヲ　ミナミナ　コロセ！」じゃなくて起床ラッパだったら。「起きろよ起きろよ皆起きろ」

真志喜・宮川　（同じ節をラッパの吹き真似する）

豊臣　こけちゃうよね。

田中　こけるこける。

北野　俺は突撃できるよ。目覚まして、覚醒して、立ち向かえってことで。

瀬戸　メシのラッパだったら？

村田　「かっ込めかっ込め」

真志喜・宮川　（同じ節をラッパの吹き真似する）

三村　そりゃあ。

石川　やめる。

千葉　行きたくない。

村田　南さんは先頭を行くんだな。

ベス　南さんはブロードウェイで胸に銃弾を受け大量に出血、自分で喉を掻き切り、息絶えました。

村田　捕虜になったら別人にならねばと思って生きてきたが、元の自分がどういう人間だったか、正確には思い出せない。

ベス　それは自由だってことかも。

手の開いた者が、マットと薪を囲炉裏に被せる。
中村、スケッチブックを囲炉裏の上に置く。
次第にハット出口のドアの前に集まる人が増えてくる。
そっとドアを開けてみる。

石川　（外が）明るいな。

習志野　満月であることは天明の証し。

外が騒がしくなる。

銃声。

石川　誰か飛び出しちまった。
三村　なんか叫んでる。
村田　撃たれた。いや威嚇射撃だ。
豊臣　逃げようとしたのか。
石川　みんな出て行く。
瀬戸　あいつやられるぜ。
豊臣　もう……、五分くらいしか経ってないだろ。
千葉　駄目だよフライングは。
習志野　行きましょう。
土田　……陛下に捧げたこの身体。
大川　俺たちも行くか。
原田　（叫ぶ）ノー！
村田　何だ。
瀬戸　行かないってのか。
原田　……私の身体は、私のものです。

北野　そうだ。
メグ　そうよ。
原田　私の言葉も、私のものです。
中村　あたりまえだ。
原田　これは、私の意志です。
ボブ　ええ！
ベス　行かせてしまっていいの？　自分の選んだ兵隊を。
トニー　高いところから撃たれるのよ。
アリス　暴動が収まって死んだふりしてても、撃ち殺す監視兵がいたのよ。
メグ　ウサギ狩りと言って出かけた牧場主親子に、正当防衛だって、撃たれちゃうのよ。
石川　……親が反戦思想の持ち主なので。
習志野　俺だって母ちゃんに会いたい！
アリス　だったら！
北野　何かおかしい。
トニー　たとえ明日死ぬとしても、私は今日、発声練習をするだろう。
宮川　ではここは一つ、出直すことにいたしましょう。
アリス　みんなを止めて。

男たち、振り向く。

大川　やめようか。

村田　やめよう。

田中　「生きて虜囚の辱めを受けず」。大日本帝国の兵士に、捕虜は一人もいない。つまりこれは亡霊の夢だ。じゃないと説明がつかない。今までこんなに穏やかで、楽しかった日々はないんだから。

千葉　しょせん夢だから醒めた。それだけさ。

中村　夢の続きを見ないか。

宮川　裁縫部屋から火の手が上がった。

勝　俺たちは行かない。

豊富　行かない！

大川　やめよう。

メグ　やった！

男たち、いったん退く。

喜ぶ女たち。

女たちの所持する携帯電話から、地震警報……。

全ての携帯電話から、鳴る。

女たち、携帯を取り出す。

アリス なに。

メグ どうなってんの。

ボブ どこの地震。

アリス 何分後に来るの。

メグ 大型って⁉

ボブ 津波とか大丈夫。

トニー ちょっと待って。

メグ このスタジオ大丈夫だと思うけど。

男たち、あらためて自分の持ち道具を手にする。

瀬戸 なーんちゃって。

アリス　えー？
真志喜　行くよ。
宮川　俺たちを止めるな。
千葉　行くから。
石川　行かなきゃしようがないだろ。
中村　だって、行っちゃったものはしようがないんだから。
勝　なあ。
三村　……ありがとう。
習志野　ありがとな。
土田　うん。
習志野　でも。
千葉　でもな。
三村　そっちはそっちでやってくれ。
北野　俺たちはいいから。
豊臣　君たちが止めなきゃいけないのは、俺たちじゃない。
田中　じゃあな。
大川　……忘れちゃいけない。

村田 俺たちだって君たちを見ている。

大川 そうだ。

ベス ……みんな、何してるの。準備はできてる。

朝子 逃げも隠れもできない。

メグ カメラなんかなくたって、映画はある。

トニー カメラなんかなくたって、映画はある。

ベス この世界が映画。

ボブ この世界が映画。

アリス ……ヨーイ、スタート。

鳴り響く進軍ラッパ。

溶暗。

（了）

［参照・引用］

『生きて虜囚の辱めを受けず』ハリー・ゴードン 著／山田真美 訳（清流出版）
『ロスト・オフィサー』山田真美 著（スパイス）
『カウラの突撃ラッパ—零戦パイロットはなぜ死んだか』中野不二男 著（文藝春秋）
『鉄条網に掛かる毛布—カウラ捕虜収容所脱走事件とその後』スティーブ・ブラード 著／田村恵子 訳（オーストラリア戦争記念館）
『あの日、僕らの命はトイレットペーパーよりも軽かった—カウラ捕虜収容所からの大脱走』中園ミホ 脚本（日本テレビ製作）
『カウラから遠く離れて』橋本邦彦 作
〈週刊マミ自身〉山田真美ホームページ内ブログ
〈豪日研究プロジェクト〉オーストラリア戦争記念館ホームページ
「COWRA SEIKEI 1970-2010」

日本人は変わったのか？

満田康弘

戯曲集に解説文を、と依頼があった時、「うーん」と考え込んでしまった。カウラ事件そのものについての解説は不要である。この演劇そのものが事件の重要なポイントをすべて網羅しているからだ。また、演劇にまったく知識のない私に演劇自体を評論するような資格や能力があるはずもない。困った。

私が住んでいる岡山出身で同学年でもある坂手洋二という演劇人のことはかなり前から新聞記事等でよく目にしていた。だが、初めて会ったのは実は最近のことである。『カウラの班長会議 side A』がきっかけだった。

二〇一四年、私はカウラ事件七十周年記念行事を取材しようと準備を進めていた。本作に「武富兵長」として登場するハンセン病回復者・立花誠一郎さんの取材を続けていたし、カウラには二〇一〇年に取材で一度訪れていて、テレビ朝日系の「テレメンタリー」で二回放送していた。ある日、インターネットを検索していてカウラ事件をテーマにした演劇を坂手さんが製作・演出していることを知った。二〇一三年に続いて今度は「side A」としてオーストラリア人俳優を加えて再演し、しかもカウラを始めオーストラリアで上演する予定もあるという。これは観たい。観なければ。東京・下北沢の劇場「スズナリ」を訪ねた。

「これはドキュメンタリーじゃないか」

私は思わずうなった。もちろん、それだけではない。演劇ならではの自由な仕掛けがあった。学生たちが捕虜たちのハットに入り込むというのは演劇でなければできない。歴史に「if」はないが、もし誰かが脱走を止めようと説得していたら。観客に「あなたがこの場に居合わせたらどうするか?」と繰り返し問いかけ、考えさせていた。

上演後、坂手さんや班長役の猪熊恒和さん、オーストラリア人俳優のマシュー・クロスビーさん、ジェーン・フェーガンさんにインタビューした。

マシューさんやジェーンさんの答えは極めて真っ当だった。

「自らの運命を何かの権威に預けるのは同意できない」

「この事件の教訓を未来に生かすことができれば事件から学んだことになる」

そのあまりに明快な答えに頷きながらも、日本人である私はこうも考えていた。

「そうは言ってもなあ」

そう、ここが肝心なのだ。私たちは「そうは言ってもなあ」「あの状況では仕方がなかったよ」などと言い訳しながら、同じことを繰り返してしまうのではないか。

八月。『カウラの班長会議 side A』はカウラ事件七十周年記念行事のオープニングを飾った。人口一万五千人ほどの小さな町カウラのホールは満員だった。閉演後、観客にマイクを向けると、たちどころに事件と深い関わりのある人たちに行き当たった。父親が脱走した捕虜にバットで殴られて両目に障害を負ったと話す男性。九十歳の母親は今でも日本人とは話したくないと言っているという女性。脱走してきた捕虜に紅茶やスコーンをふるまったエピソードで知られるマーガレット・ウィアーさんの長男ブルースさん。彼とは二〇一〇年以来の再会だった。

そんな濃密な空間の中で上演するプレッシャーは大変なものだったと容易に想像できるが、燐光群の演劇は観客の心を確実にとらえていた。

泰緬鉄道などにおけるオーストラリア人捕虜に対する日本軍の苛烈な扱いにこのセンセーショナルな事件が加わって、カウラ市民の対日感情は最悪だった。しかし、在郷軍人会が戦後間もない頃、荒れていた日本人墓地の清掃を始めたことがきっかけで、カウラは日本との交流や平和都市への道のりを歩き始める。当初の「狂信的で理解不能な日本人」像から、様々な学びを通して市民らは事件を相対化する努力を続けてきた。燐光群の公演はそうしたカウラの人々に対する回答の一つの到達点として記憶されるであろう。

だが、注意が必要だ。カウラの人たちは口々に「日本人は戦後変わった」「今は友人だ」と語ったが、果たしてそうであろうか。坂手さんと私に共通する問題意識はそこにある。

今年、カウラ事件に関する取材の集大成としてドキュメンタリー映画『カウラは忘れない』を公開することができた。坂手さんの強い勧めが背中を押してくれたことにこの場を借りて感謝したい。

この映画の評価は今後を待ちたいが、本作のテーマは先述したことに尽きる。すなわち、日本人は変わったのか？　民主主義の主体として自律できているか？　一人ひとりの尊厳を守る社会を構築することができているのか？　という問いだ。このテーマを伝えるために、本作ではカウラ公演のシーンを随分使わせていただいた。

最後に、私にこのテーマについて考えるきっかけを与えてくれた恩人の名前を紹介させていただきたい。元陸軍通訳・故永瀬隆さんである。私の一作目のドキュメンタリー映画『クワイ河に虹をかけた男』の主人公である。

永瀬さんは太平洋戦争中、泰緬鉄道の建設工事に陸軍通訳として関わり、戦後一貫して捕虜やアジア人労務者の犠牲者の追悼と平和活動に半生を捧げた。連合軍が終戦直後に鉄道の沿線で犠牲者を調査した墓地捜索隊に通訳として動員されたことが永瀬さんの活動のきっかけだった。その中にオーストラリア軍将校のジャック・リーマンさんがいた。リーマンさんは実はこの一年あまり前、カウラで日本人捕虜の遺体の収容、確認に従事していたのだ。リーマンさんが書き残した手記が、永瀬さんがカウラ事件を知るきっかけを作った。一九八八年、永瀬さんは地元の倉敷市で事件の生存者のほか、リーマンさんの未亡人ベッチーさんやマーガレット・ウィアーさんらを招いてカウラ事件のシンポジウムを主催している。

「泰緬鉄道とカウラのことを伝え続けてほしい」

これが二〇一一年に亡くなった永瀬さんの「遺言」だった。捕虜問題は日本社会と人権を考える上で象徴的ないわばコインの表と裏である。

永瀬さんを取材し続けてきたことは坂手さんとの距離をぐっと縮めてくれるきっかけとなった。氏の没後十年になるが、旅はまだまだ続く。

（みつだ・やすひろ／ドキュメンタリー映画監督）

あとがき

「生きて虜囚の辱めを受けず」
大日本帝国の兵士に、捕虜は一人もいない。
つまりこれは亡霊の夢だ。
じゃないと説明がつかない。
今までこんなに穏やかで、
楽しかった日々はないんだから。

歴史から、いまを見る。「戦争の時代」と「映画」が交錯する青春群像。
オーストラリア俳優との国際製作バージョン〈side A（Australia）〉として再生！

1944年、8月5日。

第二次世界大戦中のオーストラリア。

ニューサウスウェールズ州・カウラの連合軍捕虜収容所。

捕虜になった日本兵545名による、史上最大の脱走計画。

日本兵たちは、選挙によって選ばれた代表による「班長会議」で、計画を実行するか否かの多数決投票を行った。

戦時下、極限の選択を迫られる兵士たちの真実に、
現代を生きるオーストラリア女性たちが迫る。

＊

以上が、二〇一四年、本作『カウラの班長会議 side A』上演時の、宣伝惹句である。

同年は「カウラ事件」から七十周年の節目の年。近代史上最大の脱走事件の舞台となったNSW（ニューサウスウェールズ）州西部の街・カウラでは、八月一日から五日までの五日間に渡って慰霊祭や記念式典などの様々な行事が行われることになった。そのハイライトとして、当地のカウラ・シビックセンターで、燐光群による演劇『カウラの班長会議』の公演が

決定した。カウラを皮切りに、キャンベラ、シドニーを廻り三都市で五公演を行うことも決まった。

燐光群は、それまでも幾つかの海外公演を行ってきた。しかし私たちの演劇人生で、このように歴史と関わる上演は、かつてないことだった。

ただ、収容所を再現した特殊なセットをそのまま海外に運ぶのも難儀だったし、多くの出演者を擁する『カウラの班長会議』初演キャストの半数は劇団員ではなく、オーディションによって選ばれた人たちである。皆が皆を連れて行くわけにはいかない。とはいえ、日本兵捕虜の役はどうしても日本の俳優が演じるしかない。そこで、劇中劇の外枠の部分、カウラ事件を題材に映画を撮ろうとする現代の女子学生と教員の一部の役を、日本人ではなくオーストラリアの人たちに設定変更し、人数も絞ることにした。結果、オーストラリア俳優五人が加わり、日本の女優は中山マリただ一人という形に構成を変えた。もと関取のキャラクター・双葉山太郎も、その存在じたいをカットした。改稿の末、初演に比べタイトになり、十五分ほど短くなっている。

オリジナル版の『カウラの班長会議』戯曲は、「シアターアーツ」二〇一三年春号（晩成書房）に掲載されている。現代日本の青春群像が描かれているともいえるそちらのバージョンも、ぜひご覧いただけると幸いである。

この新たなリメイク・バージョンを、私は『カウラの班長会議 side A』と名付けた。「side A」というのは、オーストラリア（Australia）の「A」であると同時に、けっして別なサイドバージョン（B面）ではない、こちらはこちらで正当な作品であるということを、示している。

日本は先の大戦でオーストラリアに侵攻した国である。それを忘れないようにしないといけないと思う。いや、それ以前にこの国で、そのことはあまりにも知られていない。シドニーの港湾には、五隻の日本の特殊潜航艇が潜入、攻撃の跡が残っている。ダーウィンの町も日本の空爆を受けた。そして、日本軍がオーストラリア兵の捕虜を虐待していた事実がある。カウラの収容所では逆に、日本兵の捕虜たちは厚遇を受けていた。なのにあの「出撃」「脱走」事件は、起きてしまった。他国と日本の戦争観は根本的に違っていた。日本の軍人は自分が「負けたとき」や「捕虜になったとき」のことを想定していなかったのである。

『カウラの班長会議 side A』の創作は、過去と現在、戦争という歴史の事実と向き合い、真実を見つめる目を受け継ぐべき私たちの位置を、見据えていく作業であった。稽古場に、そのことを共有する、日本とオーストラリアのたいせつな仲間たちを得られたことは、たいへん意義のあることだった。

オーストラリアとの出会い

私は二〇〇五年二月から三月にかけて、オーストラリア国立演劇大学（NIDA）のゲスト演出家として六週間強、演技コースの最終学年である三年生のメイン・プログラム、つまり「卒業公演」の指導に当たった。

滞在中は、隣接するNSW大学の職員宿舎（ゲストハウス）に宿泊した。NIDAはイギリス型のカリキュラムであるが、当時の学長オーブリー・メロー氏はアジア通の親日家でもあり、前世紀からの知り合いだった。一九九七年、私が企画に関わった日本演出者協会と世田谷パブリックシアターの提携事業〈東アジア演劇セミナー〉の群馬での合宿にも、参加してもらった。合宿を提案したのは、群馬の川場村が世田谷区と提携関係にあることを知っていたのと、とにかく膝を突き合わせた交流をしたかったからである。

それから八年、オーブリーも私も、NIDAの「卒業公演」で、初めて創作の仕事を共にすることに、興奮していた。

日本語のようには言葉が通じぬ二十四人のキャスト、かなり方法の違うスタッフと一緒にする仕事は、それなりにたいへんだったが、国外からの留学生も含んだ学生たちは、独自のスタンスを持っていた。同校は、映画界でアカデミー賞を受けたメル・ギブソンやケイト・ブランシェット、ジェフリー・ラッシュら、卒業後に世界規模で活躍する俳優を多く輩出しており、そうした現役のスターたちも、じつはオーブリーの教え子なのだ。

在学中から既に一部の学生たちは意識的であり、他者にどう見えるかということに対する気の配り方が強く働いており、身体的に厳しい自己鍛錬を積んでいる者もいた。同時に、のどかなシドニーの環境の中で、ゆとりを持って学んでいるという面もあった。在校生はやはり白人が多いものの、アボリジニアン、アジア系、アフリカ系、混血の人たちも少なくなかった。そうした出自の違いを越えて、それぞれ粒が立っていたと思う。

「卒業公演」の演目は私の戯曲『屋根裏』(The Attic)の英語版。私は演出家として、俳優・スタッフへの指導者として、六週間余に渡って、彼らと日々を過ごした。

おかげさまで、『屋根裏』上演は好評、学内公演らしからぬ評判を取った。全日程のチケットは初日すぐに完売、上演期間は延長された。大学の公演としては異例のことだという。『カウラの班長会議 side A』の中で描かれる、創作にまつわる学生と教員のやり取りの基調には、こうした体験が無意識に反映しているかもしれない。

そういえば井上ひさしさんもオーストラリアの大学に招かれ長期滞在されていたことがあ

って、『黄色い鼠』という日本兵捕虜収容所についての小説を書かれている。

カウラとの出会い

私が初めてカウラに行ったのは、その「卒業公演」指導の滞在中である。オーブリーは私をカウラに連れて行きたいと常々言っており、休みの日に一緒に行ったのである。脱走事件についてはなんとなく聞いてはいたし興味もあったが、シドニー到着直後はオーブリーの誘いになかなか乗れなかった。じつはそのとき私は、蜷川幸雄氏演出のガルシア・マルケス原作『エレンディラ』脚色の仕事を請け負っており、シドニーでの最初の二週間はその仕上げ作業にかかっていて、プライベートな時間はほとんどそのことに費やしていたのである。

台本を仕上げてしまえばもう怖いものはない。私たちはカウラに出発した。

シドニーから西へ三百十四キロ、クルマで三時間。なだらかな丘陵地帯に広がる草原。道の両側に広がるのは、ただただ、自然の風景。そして羊や牛。時々、カンガルーがひょっこりと顔を見せる。

そんなのどかな場所に、ぽつりと案内板が立っていた。

「COWRA POW（POW = prisoner of war）CAMP」

「カウラ第十二戦争捕虜収容所」跡地はカウラの街から少し離れた小高い丘の上にある。今は何も残っていない。看板がなければ、かつてここに捕虜収容所があったとは想像できないだろう。そして、同じ日付けで亡くなった兵たちの、墓地。

「カウラ事件」そのものについては、劇中で描いているので、あえてここでは詳述しない。前世紀の話だが、シンガポールで今はなき劇作家クォ・パオクンさんが案内してくれた、彼の代表作『スピリッツ・プレイ』の舞台になった日本兵墓地に行ったときにも感じた、異国で日本兵たちが丁重に葬られている場の空気は、どこか共通していた。

この事件をもとに新作を書くなら、タイトルは『カウラの班長会議』にしようと、この初のカウラ行きの帰り道、既に決めていた。日本の捕虜たちは「ハット」と呼ばれる宿舎ごとに班をつくり、それぞれが密接な繋がりを持っていた。班では選挙が行われ、班長が選出された。そして、各班で相談の上、「班長会議」と呼ばれるミーティングで、要求を受け入れるか反対して脱走するかの多数決投票を行っていたことを知った。いっけん民主的に思われる投票や会議、しかしその「班長会議」という響きが、実に虚しく感じられた。そして、現在の日本社会でもそれと同じことが行われているのではないか。

とはいえ、劇中ではその班長会議の様子は出さず、班長たちが会議に行った後、残った捕虜の連中がダラダラしている姿を描こうと考えた。構想の一部はかなり早くから決まっていたのである。

『カウラの班長会議 side A』の創作

本格的に『カウラの班長会議』の創作を始めた頃、当時の安倍政権は、集団的自衛権の解釈変更を図り、憲法違反の法案を矢継ぎ早に打ちだそうとしていた。

既に日米同盟の運用方針について、米国側からの負担要請に応じて「周辺事態安全確保法」（一九九九年）や「テロ対策特別措置法」（二〇〇一年）等が成立していた。

二〇一四年七月、第二次安倍内閣の閣議決定、「行使容認は限定的」と言い、「現実に起こりうる」という仮説の論理は、ケースバイケースで新たな前例を作るための布石だった。「外国を守るために」という事態になる可能性を「誤解」というが、結果として「攻撃する相手」を持つことになる。武力行使に対する「歯止め」を保証する確実な仕組みは、なかった。

この劇の上演は、時代に向き合う表現として、必要なことだと感じていた。

『カウラの班長会議 side A』に出演するオーストラリアの俳優陣は、Sonny Vrebac, Sarah Jane Kelly, Jane Phegan, Baylea Davis, Matthew Crosby.

Jane 以外は、NIDA演劇学科俳優コースの卒業生である。

Matthew は〈新宿梁山泊〉にゲストで出たこともある親日家で、日本の演劇事情にも詳しい。

Sonny と Baylea は八年前に私がNIDAの最終学年クラスで演出を担当した『屋根裏』に出ている。それぞれ「松葉杖の男」と「ニュースキャスター」を演じた。久しぶりの再会は嬉しい。Baylea はアンカーパーソン役を自分からやりたいと言っただけあって見事だった。素朴さと個性の両輪で勝負できるのが強みだろう。

初めて会ったS.J（Sarah Jane）は活発なキャラクターで、ダンスもしていたという。

Jane は、映画関係者からの推薦があった。燐光群とNYのコレクティヴ・アンコンシャスが組んだ『CVR』の共同演出者の一人でシドニーに移住したアービン・グレゴリーと、何度も共演していているという。

Matthewの父親の世代は第二次世界大戦に従軍している。日本軍に捕まり捕虜になった人たちのナマの声を聞いている。日本軍の捕虜虐待の事実はよく知られていた。

Sonnyはボスニアで生まれた。子供のころ戦禍を逃れてタスマニアに移住し、やがてシドニーでＮＩＤＡに入った。顔立ちは典型的な東欧の男性のものである。初対面の頃の名前は英語流のSonnyではなく「Sinisa」だった。

「僕は子供のころに、人間が戦争という行為に手を染めうるという事実を目の当たりにした」と、彼は言う。自分は白人であるが、マイノリティであるという意識を持ち、「自分がなぜこの国にいるのか」を考えているように思われた。彼が『屋根裏』で演じた「松葉杖の男」という役は、物語全体の大枠を眺める立場にある。演劇という表現には、「演じることによって知ることができる」という領域がある。『屋根裏』で彼はそこに一歩近づいた。どの国の上演でも、この役の俳優にはあえて開演前に観客への場内案内をしてもらっているが、それ自体が演劇的仕掛けであるという面白さに彼は気づいた。実際にお客さんの反応を感じたとき、劇全体のスケールを見渡せた手応えがあったはずだ。私が韓国の国立アルコ劇場〈坂手洋二フェスティバル〉で『屋根裏』を演出したとき、同じ「松葉杖の男」を演じたチョン・マンシクは、映画『息もできない』でスターの仲間入りをした。Sonnyも現在、オーストラリアの短篇動画シリーズで人気を博している。

オーストラリアの俳優たちは稽古中に幾度か取材を受けた。集団的自衛権をめぐる日本の現実に関して「安倍首相に何か言いたいことはありますか？」という記者の問いに対して、Matthew たちは、「この芝居を見なさい！」と口を揃えて言った。

「竹富兵長」のモデル　立花誠一郎さん

オーストラリアに行く前に国内ツアーがあった。『カウラの班長会議 side A』神戸公演の昼の部には、劇中の「竹富兵長」のモデルにさせていただいた、立花誠一郎さんが、岡山のハンセン病療養所「国立療養所 邑久光明園」から、観に来てくださった。

立花さんは、カウラの捕虜収容所では、ハンセン病罹患のため「独立テント」に収容されており、他の捕虜たちと一緒に「出撃」に加わることはなかった。劇中では、じっさいに手先が器用で、捕虜として手に入るものだけでトランクを幾つか作り上げた立花さんの史実をお借りして、「竹富兵長」の作り上げたトランクを捕虜たちが見るシーンがある。「竹富兵長」と友情を育んだ「北野」が、いよいよ最後に「出撃」する直前、そのトランクに一礼

し、抱える。登場人物たちは、「私は病気も、名誉の負傷の一つだと思います」という言葉に、深く頷くのである。

最前列、車椅子の立花さんの目の前で、その場面が演じられた。立花さんからは「目頭が熱くなりました」というお言葉をいただいた。岡山で、立花さんが亡くなった戦友たちのことを「かわいそうでしかたがない」と言われるのを聞いたことを、思い出した。考えてみれば立花さんは、自分が体験したことが七十年後に劇になったものを御覧になったわけである。

立花誠一郎さんを、スタッフ・キャストが囲んで記念撮影もした。立花さんは「こんな日が来るとは思っていなかった」と言ておられた。私たちにも胸に迫ることの多い、神戸での上演だった。

ふたたびカウラへ

上演チームがシドニーから移動するバスで、ずっと内陸を走っているうちに、目的地カウラが近づいてくる。動物園でもないのに車中からじつに様々な動物が見える道中だったが、一行の殆どが、ヒツジの赤ん坊のかわいらしさに悩殺されてしまった。この地で近代軍事史上最大の捕虜脱走事件が起きたことは、平和で素朴な田園風景からは想像もつかない。この豊かな自然を、七十年前の捕虜たちも見たのであろう。

「カウラ・ブレイクアウト」の巨大な立て看板が、以前よりも目につく気がする。脱走事件が観光の目玉になっているのか。町に入ると、「ブレイクアウト・モーテル」という名前のモーテルまである。

皆で収容所跡に赴く。宿舎の礎石や、捕虜たちが使用したトイレ跡を見る。

日本兵役の俳優たちは、その中央路（ブロードウェイ）があったと想定される所を歩いてみたりしている。日本人捕虜の多くが「名誉ある死」を求め駆け抜けた先には、豪軍の機銃が待ち受けていた。緩やかな傾斜のあるその道を、実際に駆けてみる俳優たちがいた。

カウラでの上演

五日間にわたる〈カウラ大脱走七十周年記念イベント〉の初日。

夕刻、激しい冬の雨（南半球だから冬である）。

全体の開会式が行われたカウラ・アートギャラリーは、私たちの上演会場であるシビックセンターの向かいである。式典が終わり次第、そこにいる方々が大挙移動してきて、観客となる。連日、三百五十席が満席の盛況となった。

字幕付きの日本語の場面で、おおいに受けていたのが嬉しい。日本以上に笑いに包まれていたような気がする。ユーモアが通じるほど心強いものはない。直接に感想としても聞いたが、一人一人の日本兵の個性が届いたということである。シンプルに言えば、カウラ市民と、その歴史に、受け入れられたと思う。ありがたい。観客が非常に満足した様子で会場を後にしていたと、多くの人から聞いた。

オーストラリアでは知らぬ者のいない「カウラ事件」。一九八四年、石田純一氏も出演しているオーストラリア製作の五時間近い大作テレビドラマ『カウラ大脱走』（Cowra Breakout）は現在でも繰り返し放映されているというが、「戦陣訓」の意味などが日本人以外に呑み込みにくいのは、無理もなかった。カウラ事件についてきちんと描いた日本側の創作が初めて出てきた、という歓迎のされ方だった。会場でもそのような話を聞いたし、カウラ在住の三十代の女性の感想の載った現地紙では、「非常に考えさせられる作品だった。日本人の捕虜がなぜああいう行為に走ったか理解できないところがあったが、劇を見て少し理解できるようになったように思う」という。

オープニングナイト、上演が終わってレセプション。私もそこで挨拶したが、二つの国の出会い、七十年を経た過去と現在の出会い、錯綜した出会いの場に、感慨無量だった。捕虜脱走事件七十周年記念委員会委員長Lawrance Ryan氏、劇場主任のマックさんはじめ、多くの方々のご尽力に、あらためて感謝したい。

劇中に登場する亡くなった守衛兵ラルフとベンのみならず、脱走事件にさまざまな係累のある人たちが観に来てくださった。脱走兵を捜索中に豪陸軍訓練所の士官だった父親が撲殺されたジョン・ドンカスターさん。日本兵に殺された兵士のご遺族一家は遠方からいらした。日本兵が出て行けないようにゲートを閉めた守衛の親族の方々も。

脱走時の夜は満月、明るく、人影がよく見えた上に、わざわざ明るくなるように建物に放火をした。それは日本兵たちの都合であるに過ぎない。「脱走」である以上、オーストラリアの兵たちを傷つけ、命を奪うものであったことは、否定できない事実だ。多くの関係者の親族、ご遺族にも会い、一種、私たちがなりかわっての、巡礼の旅ともいえるものだった。

そして、じつはオーストラリアには霊感の強い人が多いということがあるのだが、カウラ在住のとびきりスピリチュアルな方だという、ジュディーさん、ジュリアさん、それぞれが、レセプション会場で挨拶している私の傍らに、「二十歳か二十一歳くらいの日本兵が寄り添っていたのが見えた」という。その日本兵が「自分たちは喜んでいることを伝えるように」と言っていたというので、翌日それが私に伝えられた。

立花誠一郎さんと交流を続けている、岡山の私立山陽女子高校の生徒と卒業生、彼らを支える野村泰介教諭らも式典に参加。彼らは、足腰が弱り、式典への出席はあきらめた立花さんから、メッセージを託された。

立花さんは、「私は祖国に帰ったが、戦友は今も異郷の地に骨を残して眠りつづけている」とつづり、「とめどなく　流せし涙　今にして　人に語れる　我身いとしい」と短歌で結んだ。この様子はインターネットで、日本にいる立花さんに送られた。

もう半世紀も前、成蹊高校とカウラ高校との交換留学制度が始まり、初めてカウラに留学した女子生徒が、劇作家・演出家の故・如月小春さんだったという。この高校生たちと一緒にいると、カウラにホームステイしていた如月さんは何を感じただろう、とあらためて思いを馳せた。

当時の捕虜では唯一、現地入りした村上輝夫さんからは、『カウラの班長会議』創作時にも、詳しくお話を聴いていた。彼も「投票で『○』と書きました」と、あらためて告白されていた。

私たちの宿泊ホテル（カウラ・モーターイン）フロントのレノアさんも劇を観てくださる。「日本人捕虜」と一口に言っても、一人一人の人間としてそこにいたのだということがよくわかった、と、言ってくださる。

シドニー在住の日本人俳優の皆さんも、カウラまで来てくれた。シドニーにＭＧＭ・ＦＯＸのスタジオができて『マトリックス』が撮影された頃から、ハリウッド映画に占めるオーストラリアでの撮影の割合は増している。当時オーストラリアで撮影された『ウルヴァリン』やアンジェリーナ・ジョリーの監督第二作『アンブロークン』で、演技のみならずスタント等でも活躍されている方々である。近々「カウラ事件」を描いた映画が制作されるという話も出ていた。

そして、八月五日未明、午前二時。その時刻、宿舎のロビーに集まっている、〈side A〉出演俳優たちもいた。七十年前のその時に、気持ちだけでも立ち会いたかったのだろう。

オーストラリア・ツアー

カウラ公演を終えてキャンベラに移動。この国の首都である。カウラより南に位置し、やや高地らしく、寒い。日が暮れると気温は零下になる南半球の冬である。

首都キャンベラでの公演は、この街の愛すべき公共劇場である、「ストリートシアター」の招聘である。大学近くにあるこの劇場の一階は広々としたカフェになっていて、芝居を見に来る観客より、普通に市民が多く利用している。いい感じだ。傾斜のついた見やすい劇場。芝居自体は幸い準備にも余裕があり、手直しのための稽古もできた。手応えもあり、評価もよかったはずである。キャンベラ公演では「演劇作品」として正当に受け容れられたと思う。テレビ各局の番組にも出た。

付随して行われた私の講演も客席は埋まり、聴衆からも良い質問が飛んできた。演劇に関心のある人たちが多いのだ。日本だったら「専門的」と思われて言わないようなことをどんどんぶつけてくれる。ユーモアも通じる。上演成果自体に対する評価もあったが、ディスカッションで多くを占めた意見は「このような緻密な戯曲はどのように書かれたか」というものであり、情緒や抽象を使わないのに、複雑なニュアンスを出せるということじたいにも、驚きがあったようだ。七〇年代以降の日本演劇の趨勢、その潜在能力についても少しは話ができた気がする。日本の戯曲はもっと海外に紹介されるべきだ。

カウラ公演の劇評にもあったが、『羅生門（藪の中）』との類似に言及されている批評もあった。同じ事実に様々な選択肢があることを示していたからだろう。

八年前ＮＩＤＡで『屋根裏』を演出したときの通訳兼演出助手だった Adam Broinowski も駆けつけてくれた。彼は今こちらの大学にいる。再会を喜ぶ。

さて、印象の良いはずのキャンベラだが、七月末の南半球は真冬で寒い。身体的には混乱の極み。冒頭の場面で「オーストラリアの真冬は、たいしたことないよ」などというせりふを書いた罰があたったのか、大風邪を引いてしまい、計れば三十九度の熱。外国で初めて医者に行った。劇場と宿舎の間の長く寒い夜道が、なかなかこたえる。

十日のシドニー公演は、八年ぶりのＮＩＤＡ（国立演劇大学）Parade Theatre で行われた。

ＮＩＤＡの元学長オーブリー・メロー氏は、当時シンガポールのラサール芸術大学に移っていて、再会を果たせなかったのが残念だった。

『フローティング・ワールド』『ミス・タナカ』の作者にして前・豪劇作家協会会長ジョン・ローメルさんも、観に来てくれた。今世紀初頭、今は亡き斎藤憐さん、クォー・パオクン、クリシェン・ジットさんらと環太平洋の国々合同で〈ランドマイン（地雷）・プロジェクト〉を進めていた仲間でもある。その企画は頓挫したが、私はそのときの自分の担当部分をもとに拡大し『だるまさんがころんだ』を作った。

作家のロジャー・パルバースさんとも再会。私のシドニーとの関わりは彼の御陰でもある。それにしてもなんと話の面白い人だろう。日本語の力について、そしていかに人々がフレームに囚われて物事を直視できていないかということについて話した。幸福な会話であった。

おわりに

話が飛躍するようだが、歴史上、互いに未知の社会・文化に属する者たちが出会うのは、どのような時だろうか。異世界どうしの交流は、そもそも相互のフレーム自体が異なる場合、

「出会う」という、生やさしい形を取らない。極端に言えば、そのもっとも大きな「出会い」の機会は「戦争」である。そして「占領」「支配」。「戦争」という武力のみでなく、宗教・経済による蹂躙もその範疇に入る。

「戦争のできる国」であろうとし、「戦争のできる人間」を育てようとしている日本という国の歪みは、現在も続いている。この〈side A〉上演は、その問題意識を二つの国の中で共有することのできる機会となった。

多くの方々とのご縁で成立した芝居であった。このたび、かの式典を取材されていた満田康弘監督が作るカウラについてのドキュメンタリー映画『カウラは忘れない』の中で、この劇の上演が登場することになり、編集等についても助言させていただく機会を得た。

演劇とは、劇場とは、出会いの場であると、痛感している。あらためて皆さまに御礼申し上げます。

二〇二一年七月

坂手洋二

紹介される「田中太郎」

（左より）Matthew、S・J、Baylea、Sonny

竹富兵長のトランクを囲んで

ラストシーン

写真すべて：下北沢ザ・スズナリ公演（撮影：古元道広）

上演記録

【国内ツアー】

〈東京〉七月十日（木）～二十日（日）
　於：下北沢ザ・スズナリ

〈神戸〉七月二十三日（水）
　於：神戸アートビレッジセンターKAVCホール
　共催＝神戸アートビレッジセンター（指定管理者：大阪ガスビジネスクリエイト株式会社）

〈名古屋〉七月二十五日（金）
　於：ウィルあいち（愛知県女性総合センター）・ウィルホール
　共催＝あいち燐光群を観る会
　制作協力＝加藤智宏（office Perky pat）、七ツ寺共同スタジオ

【オーストラリア・ツアー】

〈カウラ〉八月一日（金）・二日（土）
　於：Cowra Civic Centre（カウラ日本兵捕虜脱走事件七十周年記念オープニング・ハイライト）

〈キャンベラ〉八月六日（水）・七日（木）
　於：The Street Theatre

〈シドニー〉八月十日（日）
　於：NIDA Parade Theatre

【キャスト】

アンソニー・ウォルバーグ（トニー）
オレッグ・ネグレヴィッチ元軍曹
ラルフ・ジョーンズ
——— Matthew Crosby

ロバート・アボット（ボブ）
ベンジャミン・ハーディ
——— Sonny Vrebac

村田富博 ——— 大西孝洋
豊臣秀吉 ——— 山森信太郎
瀬戸大洋 ——— 小寺悠介
中村大雪 ——— 綾田將一
宮川ひとし ——— 鴨川てんし
習志野権兵衛 ——— 山村秀勝
三村茂 ——— 三宅克幸

真志喜成徳——川中健次郎
北野元義——水津聡
千葉哲雄——櫻井麻樹
大川寛之——猪熊恒和
土田真一——松田光宏
勝カイゾウ——尾﨑宇内
原田豪介——小林尭志
田中太郎——杉山英之
石川五右衛門——武山尚史
アリス——Sarah Jane Kelly
メグ——Baylea Davis
エリザベス——Jane Phegan
木村朝子——中山マリ

【スタッフ】

英訳＝常田景子、John D. Swain
美術＝島次郎
照明＝竹林功（龍前正夫舞台照明研究所）
音響＝島猛（ステージオフィス）
衣裳＝宮本宣子
衣裳助手＝ぴんくぱんだー
振付＝矢内原美邦
舞台監督＝高橋淳一
進行助手＝長谷川千紗
通訳＝岩崎麻由
音響操作＝内海常葉（ステージオフィス）、加藤恵
文芸助手＝久保志乃ぶ、清水弥生
衣裳協力＝東京衣裳
イラスト＝三田晴代
宣伝意匠＝高崎勝也
協力＝高津映画装飾株式会社、C-COM、タクト、マイド、富良野GROUP、浅井企画、現代制作舎、新宿梁山泊、河本三咲、荒井優、宮島久美
制作＝古元道広、近藤順子
Company Staff＝樋尾麻衣子、桐畑理佳、川崎理沙、松岡洋子、宗像祥子、福田陽子、秋定史枝、田中結佳、鈴木陽介、西川大輔、宮島千栄、根兵さやか、橋本浩明、秋葉ヨリエ

坂手洋二（さかて・ようじ）

劇作家・演出家。1962年3月11日、岡山生まれ。慶應義塾大学文学部国文学科卒業。1983年、燐光群を旗揚げ。国内外で公演を重ねる。1993年、劇作家協会創設に参加。2006年から2016年まで同会長。
『ブレスレス　ゴミ袋を呼吸する夜の物語』で岸田國士戯曲賞、『だるまさんがころんだ』で鶴屋南北戯曲賞、朝日舞台芸術賞、『屋根裏』で読売文学賞戯曲・シナリオ賞、『天皇と接吻』『最後の一人までが全体である』『阿部定と睦夫』『CVR』等で読売演劇大賞最優秀演出家賞のほか、紀伊國屋演劇賞個人賞を受賞。海外公演、海外合作多数。戯曲は海外で10以上の言語に翻訳され、出版・上演されている。オペラ『白墨の輪』『イワンのばか』。脚色『エレンディラ』（演出・蜷川幸雄）。『CVR』『ララミー・プロジェクト』といった翻訳戯曲、別役実作品等、演出のみの仕事も手掛ける。

カウラの班長会議（はんちょうかいぎ）
side-A

発行日　2021年8月20日　初版第一刷

著者　坂手洋二

発行者　松本久木
発行所　松本工房
住所　大阪市都島区網島町12-11
雅叙園ハイツ1010号室
電話　06-6356-7701
FAX　06-6356-7702
URL　http://matsumotokobo.com

編集協力　小堀　純
印刷・製本　シナノ書籍印刷株式会社

Printed in Japan
ISBN978-4-910067-07-0 C0074